本書靈感取材自真實案件

U0041116

情節逼真血腥

膽小勿入

讀屍者・卷一

法醫秦明——著

案次

第1案

錯中之錯

大多數人往往被事物的表象矇騙，只有少數智者能夠察覺到深藏的真相。

——斐德羅（Phaedrus）

1

師父的手指落在了屍體的後背上。手指沿著屍體的脊柱，從後腦滑到了骶骨[1]，屍背黏附的水漬在他的指尖下滑開，彷彿被劈開了一道分水嶺，手指經過的痕跡清晰可見。

「為什麼不解剖後背？」隨著手指的滑行，師父的眉頭也漸漸擰成一團。

作為刑事鑑識中心的副主任，我的師父陳毅然算是單位裡幾位主管中脾氣最為隨和的一個。四十多歲的他，最大的特色就是愛講冷笑話，總隊的小伙子們都喜歡和他打成一片。但現在他的表情可一點都不像是在開玩笑，我的心裡默默打起了鼓，有點忐忑。

「這個，咳咳……」石培縣公安局主檢法醫桂斌清了清嗓子，準備接話。

「沒有問你。」師父把桂斌的話硬生生地擋了回去，「我在問秦明，為什麼不解剖後背？」眾目睽睽之下，我的臉一瞬間漲得通紅，張了張嘴，竟說不出一句話來。

師父的手指又沿著屍體的脊柱滑動了一下，在幾個位置使勁按了按，說：「我覺得你們可能犯了不該犯的錯誤。」

聽出師父的語氣有所緩和，同門師兄弟李大寶連忙為我解圍，「因為這次我們是初次勘驗現場，時間又比較緊，所以就按慣例只進行一般解剖，沒有解剖後背。」

我在一旁使勁點了點頭。

通常來說，法醫對屍體會進行「三腔」檢驗，也就是解剖顱腔、胸腔和腹腔，只有在特殊

1 骶骨的位置在骨盆的後壁。

的案件中才會打開屍體的後背，對後背和脊髓腔進行解剖。

「不解剖，總要按壓檢查吧？」師父不客氣地說，「我覺得要是你們認真檢查了，就會決定開背檢驗的。」師父用止血鉗指了指剛才他用手指按壓過的地方。

「嗯……這個……主要……」大寶總是在理虧或緊張的時候結巴。

我伸手按壓了師父指的地方，並沒有感覺到什麼異常。

師父看出了我的茫然，搖了搖頭，說：「多學多練吧，還是經驗有限啊！打開！」

為了彌補過失，我連忙拿起手術刀，沿著師父手指滑過的痕跡切了下去。刀落皮開，露出黃白色的皮下組織和紅色的肌肉。因為緊張，切口顯得歪歪扭扭。

我和大寶站在屍體的兩側，一齊分離了屍體後背的皮膚，後背的整塊肌肉頓時一覽無遺。肌肉的色澤很正常，並沒有發現明顯的出血和損傷。

我停下了手裡的刀，雙手撐著解剖檯的邊緣，暗自竊喜師父這次的判斷似乎有誤，剛才氣氛那麼緊張，不知道等會他要怎麼自圓其說。

師父瞥了我一眼，冷笑了一聲：「別高興得太早，繼續啊！」

被師父看穿了心思，我的臉紅一陣白一陣，趕緊重新拿起手術刀，手忙腳亂地開始逐層分離屍體的背部肌肉。

「呀！」大寶的手忽然不動了。

我探過頭去，心裡頓時一陣發涼。

2

一個月前的早晨。

「準備什麼時候和鈴鐺結婚啊？」師父把我叫去他的辦公室，卻不急於進入主題，一邊點著香菸，一邊問道。自從我把女朋友鈴鐺接到合肥之後，開朗的鈴鐺很快就和總隊的這幫傢伙混熟了。

「師父也開始八卦啦？」我整個人癱在師父辦公室的沙發上，「我才二十八呢，不急不急。」

「別在我這兒沒大沒小的。」師父說，「你現在是法醫科的科長了，首先要做的是提高自身的專業水準，要能服眾。你之前的表現是不錯，但要時刻警惕，小心陰溝裡翻船。」

做了這麼多年的主管，師父對下屬諄諄教誨當然是家常便飯，我早就習慣左耳朵進右耳朵出了。

「等你結婚了，又是婚假，又是生孩子什麼的。」師父接著說道，「那時候時間就緊了，所以你要利用現在的大好時光，多去跑跑現場，別光是跑大案，小案也要跑。」

聽到這裡，我心裡一驚，才回過神來。雖然是承平年代，各地的命案卻也不少，只要發生一起命案，當地的公安機關法醫就要向省廳上報情況，但如果每起命案師父都要我去跑的話，我豈不是真的要四海為家了？到時候鈴鐺跑了，我和誰結婚？和誰度婚假？和誰生孩子去？

「也不是要你每件案子都去。」師父看我一臉無措的樣子，忍不住樂了，「挑一些有點難度的案子，比如這個案子我看就不錯。」

師父扔給我一張紙，我拿起來一看，是一份警政機關內部的傳真：

> 致省廳刑警總隊：
>
> 我市石培縣昨夜發生一起案件，石培縣居民孫先發在自家門口被人發現身受重傷，經多番搶救，醫治無效，於今日凌晨五點死亡。目前我市分隊已派出人員赴石培縣會同當地刑偵人員展開調查工作。
>
> 特此報告。
>
> 石丹市公安局刑警分隊

「這種案件我們也要去？」

「案件再小也是一條人命！」師父說，「去吧，調查仔細一點。」

剛從師父辦公室門口經過的李大寶倒退著走了回來，從門口探出半個腦袋，問：「那個……師父，去哪兒？我也去行不行？」

「你文件歸檔整理完了沒？」我說。

大寶一臉無奈，「那個太複雜，我都弄一個禮拜了，實在坐不住啊！坐的時間一長，我的痔瘡會犯的，讓我出去跑跑、跑跑吧！」

「大寶來省廳培訓，可不是來培訓怎麼整理檔案的。」師父顯然是在幫大寶說話，「你倆一起去，還有，讓鑑定科派人和你們一起……就叫林濤去吧。」

法醫、鑑定不分家，命案現場的勘察主要就靠這兩大專業。林濤算是我的老搭檔了，我們不僅在同一個勘察組，更是同一間學校畢業，同時進刑事鑑識中心，只要對方沒有別的突發事件，每次勘察現場我們總是出雙入對，大寶經常笑我們是一對好「基友」[2]，連鈴鐺有時候也跟著起鬨。有了林濤一起出差，我的心情似乎好了一些；但心情更好的應該是大寶，他一邊準備著勘察箱，一邊都快哼起歌來了。我拿起文件夾敲了一下他的腦袋，說：「還笑，還笑，檔案科回頭來找我麻煩，我就找你麻煩。」

大寶抓抓頭，得意地擺了個勝利手勢，笑道：「出勘現場，不長痔瘡，耶！」

一個小時的車程後，我們到了石培縣。車子開過石河邊時，我不禁默默地望向窗外。一年過去，又到了油菜花盛開的季節，那個曾經穿著碎花連衣裙的女孩卻再也無法看到這美景了[3]。

已近中午，車子停在城市西北邊緣的一處小村落，放眼望去，一座座兩層的樓房依次排開，炊煙在樓房之間嫋嫋升起，飯菜的香味刺激著在場每一個人的嗅覺。

案發現場樓房的周圍拉起了封鎖線。這座樓房看上去和其他樓房沒什麼兩樣，周邊圍著一道圍牆，圈出一個獨立的小院子。圍牆的一角，幾名鑑識人員正蹲在地上勘察著什麼，我沒有上前打擾，而是徑直走到石培縣公安局的桂斌法醫身旁。

「師兄好！」

桂法醫正在勘察箱裡找著什麼，被我嚇了一跳，「秦科長，你什麼時候到的？挺快啊！」

2 指男同性戀。「基」即為gay的粵語發音。

3 見《鬼手佛心》中「清明花祭」一案。

我笑了笑，直奔重點，「死者是什麼人？」

「死者是個普通村民，叫孫先發，他老婆死了，兒子在外地工作，現在是一個人住。昨晚他去別人家裡幫忙料理喪事，到了晚上十點才離開。原先說好今天凌晨三點半再過去一趟幫忙出殯，但是辦喪事那家人等到四點還沒有等到他。因為兩戶人家離得很近，走路就只有五分鐘的距離。那家人出來找他，才發現孫先發躺在圍牆角落，當時還有呼吸，但已經失去意識了。」

「怎麼是凌晨出殯？」我插話。

「這邊的風俗就是天亮前要把逝世者送到殯儀館。」桂法醫說，「沒想到這個好心去幫忙的孫先發，也遭遇了不幸。」

「有搶救嗎？」

「來不及。」桂法醫說，「凌晨四點被人發現受了傷，報案者到處喊人來搶救，幾個人七手八腳地把孫先發送到醫院的時候已經快五點了。據醫院的病歷紀錄，孫先發送到的時候，瞳孔對光的反應已經不靈敏了，搶救了大約半小時就沒了呼吸心跳。」

「傷在哪兒？」我問。

「頭。」桂法醫說，「說是枕部有個挫裂創[4]，搶救時他的瞳孔也不等大。屍體直接從醫院運去殯儀館了，我準備看完現場再過去。」

「那現在案子有頭緒了嗎？」我問到了最關心的問題。

桂法醫瞥了一眼隔壁的院子，鄰居家幾口人進進出出，正準備在院子裡搭桌子吃飯。他壓低了聲音對我說：「動機倒是不難找。孫先發原本幫忙辦喪事那家的死者，生前和他就有私

4 挫裂創指的是鈍性暴力作用於人體時，骨骼擠壓軟組織，導致皮膚、軟組織撕裂而形成的創口。一般在頭部比較多見。

情。這個女人的感情生活比較亂，和不少人都有曖昧。她出了交通事故之後，或許她的某個情人受了刺激，就把火發到了孫先發的頭上。」

「孫先發多大歲數？」我問。

「四十五。」桂法醫頓了一頓，接著說，「他那位地下情人才二十多歲。」

「呿，嫩草哪是那麼好吃的！」我一邊說，一邊穿上現場勘察服，朝著鑑識人員們聚集的牆角走了過去。

「現場的跡證太少了。」林濤早已蹲在那裡，一邊用靜電足跡採取器來回探測著，一邊對我說，「我們還沒找到什麼有價值的線索。」

地面上最顯眼的就是一灘血跡，旁邊還有一灘嘔吐物。

「嘔吐物在這個位置，應該是死者頭部受傷後，顱內壓增高導致的嘔吐，再結合這灘血跡的形狀，可以確定這裡就是死者倒地的第一現場，也就是說，死者就是在這裡被襲擊的。」我邊分析邊順著牆腳往上尋找痕跡。

這面圍牆的牆面並未粉刷，暴露在外的紅磚顏色深沉，的確很難發現什麼跡證。我從勘察箱中拿出放大鏡，沿著牆面一寸一寸往上移，一片深紅之中，幾個異樣的斑點忽然躍入了眼簾。我連忙採取了一些可疑的斑跡，滴上幾滴聯苯胺試劑，濾紙很快被染成了翠藍色。

「看來這幾滴的確是血跡。」我說，「看血跡的形態，應該是噴濺或者是甩濺上去的。」

林濤用鋼捲尺測量了一下，有些疑惑，「這幾滴噴濺狀的血跡離地面只有二十公分，這位置也太低了，難不成死者是趴在地上被別人打的？」

「聽說死者頭部有一處創口，但人的頭皮上沒有什麼較大的動脈血管，很難形成噴濺狀的血跡。」我開始發揮法醫的特長來推理，「所以，這裡的血跡應該是甩濺血，也就是說，兇手用兇器打擊了死者的頭顱，血液黏附在兇器上，隨著兇器的甩動，就被甩濺在了牆腳處。」

從血跡上看來很難再推理出什麼結論了，我轉頭問身邊的偵查員：「第一個發現孫先發的人，有沒有說他當時是什麼姿勢？」

偵查員走到牆腳處的血泊旁，比劃了一下，「當時孫先發的頭朝牆，腳朝院子大門，是仰臥著的。」

仰臥？我沒有多想，就和林濤一起進屋繼續勘察。

屋裡收拾得乾乾淨淨，孫先發生前或許是個非常勤快的男人。大廳的家具雜物都整整齊齊地擺放著，方桌的正中放著一串鑰匙和兩包未拆封的香菸。旁邊是他的臥室，被子也整整齊齊地疊放在床頭。

「看來現場沒有任何翻動的跡象，可以排除是因財殺人了。我估計啊，十有八九真的是情殺。」我看林濤上了二樓，轉頭對身邊的大寶說。

「嗯，鑰匙放在桌上，看來死者已經進屋了。」大寶念念有詞，「這兩包菸應該是辦喪事那家給的香菸吧？」

「有一點很奇怪，死者已經進屋，但是並沒有上床睡覺。」我和大寶走進浴室，摸了摸掛在牆上的幾條毛巾，「毛巾都是乾的，沒有洗漱的跡象。你覺得死者是剛進家門又出去被害的，還是凌晨準備出門的時候遇害的？」

大寶茫然地搖了搖頭。

我笑了一下，說：「笨！凌晨四點死者就被發現倒在地上了，如果他是凌晨出門時遇害的，按照之前約好的出殯時間，他應該是凌晨三點半左右就出門了，半個小時的時間，在屋外能形成那麼大一片血泊嗎？」

大寶恍然大悟，「對喔！畢竟沒有傷到大的動脈血管，頭部的挫裂創要形成那麼大的血泊，至少也應該有幾個小時的時間。」

「結合現場的情況，被子是疊好的，鑰匙在大廳。」我說，「死者應該是剛進家門，就又出門了，出門後卻被兇手襲擊了後腦。不過這裡還有個問題，如果死者要出門，應該是往院子的大門方向走，可是他卻往反方向的圍牆牆腳處走，這是為什麼？他去牆腳幹什麼？」

「那個……還有，他出門不帶鑰匙，應該是沒關門。」大寶說，「可是報案的人堅持說他到的時候，房屋的大門是緊鎖著的，難道兇手殺了人，還幫他關門？」

「我們到牆腳那兒再看看。」我一邊說，一邊拎起勘察箱，出了屋子，走進院子裡。

院子不小，離牆腳五公尺處，有一間死者自己用磚頭砌成的小屋，小屋裡放著掃把、畚箕等清掃工具。我和大寶相視一笑，原來這個勤快的老先生是來拿工具準備打掃的。

「兇手應該是潛伏在房屋的門口，見孫先發走出房屋，來到牆腳附近的時候才動手。」大寶推了一下鼻樑上的眼鏡，說：「至於兇手為什麼幫他關房門，就只有兇手才知道了。」

我站在院子裡抬頭看了看屋子的二樓。二樓有一排鋁窗，靠近院牆的那扇窗戶是開著的，林濤正在沿著窗框聚精會神地檢查著。我對大寶使了個眼色，笑道：「林濤這小子還真是帥，怪不得那麼多姑娘倒追他。」

「追的人多有什麼用？」大寶說，「他還不是單身？哪有你幸福啊？」

遠在二樓，林濤也聽到了大寶的聲音，他低頭看到我，招呼道：「冬瓜，你看，這個死者還真是粗心。這扇窗戶是開著的，如果有人想入室偷竊，只要爬上圍牆，就能用手搆到這開著窗戶的窗臺，然後就能翻窗入室了。」

「你媽的！」我罵道，「什麼冬瓜？大庭廣眾下你叫我外號幹嘛？」

大寶在一旁噗哧地笑，我拍了一下他的腦袋，說：「笑什麼笑，我猜啊，要不是死者自投羅網從屋裡出來了，兇手說不定會用這種方式偷闖民宅呢！」

「二樓沒有可疑痕跡。」林濤透過窗戶對樓下院子裡的我們喊道，「看來這個現場又是一點物證都沒有，就指望你們的驗屍工作了。」

午飯後，我和大寶趕到了石培縣殯儀館的法醫學屍體解剖室，那間昏暗的小屋子和一年前一樣，沒有任何變化。桂斌早已經在殯儀館等著我們了，和他在一起的還有石丹市公安局的法醫負責人管其金。管其金法醫已經五十多歲了，算是我們的老前輩，這次由他來記錄。

我們首先照慣例檢查了一下孫先發的軀幹和四肢，沒有發現任何一處損傷。

「保養得真好！」桂斌說，「身上雪白乾淨的。」

「看得出他是很勤快的一個人，家裡就他自己住，都打掃得那麼乾淨。」我說。

「也說不定是他的那位『女朋友』幫他打掃的。」大寶拿起手術刀，邊剃死者的頭髮邊說道。

孫先發的頭髮被完全剃除乾淨後，枕部的創傷便一覽無遺。

「創口兩角鈍，創口邊緣沿皮膚的紋理裂開，創口內可見組織間橋[5]。」我拿起止血鉗，一

5 鈍性暴力作用於人體，有時會導致皮膚、軟組織撕裂，因為是撕裂，而不是被銳器切斷，所以挫裂創的創腔內會有相連的組織纖維（未完全斷裂的血管、神經和結締組織），即為組織間橋。組織間橋是判斷鈍器傷的特徵之一。

邊探查創口，一邊說明著檢查的情況，方便一旁的管法醫記錄，「創口的底部可觸及碎骨片，可以確定是顱骨粉碎性骨折。」

接著我用酒精仔細擦拭了創口的周圍，說：「這是典型的由鈍器打擊頭部造成頭皮撕裂而形成的挫裂創。你們看，創口邊緣的皮膚有擦傷，這意味著什麼？」

「致傷工具的表面粗糙，接觸面大於創口。」大寶的理論知識很扎實。

「那會是什麼工具呢？」我雙手撐在解剖檯的邊緣，活動了一下已經開始僵硬的頸椎，「難不成是粗木棍？」

見我們遲遲不動刀解剖死者頭部，一直在旁記錄的管法醫有些著急了。「這個不重要，我們知道致傷工具的大致類型就行了，快點吧，我不像你們年輕人，我這老腰椎可撐不住啊！」

我們三個人都已經上了解剖檯，除了管法醫還真就沒人可以記錄了，於是我也不好多說什麼，低下頭開始切開死者的頭皮。

挫裂創的下方果真對應著一處顱骨的粉碎性骨折，打開顱蓋骨後發現，這處粉碎性骨折的骨折線一直從枕部沿著顱底延伸到了額部。

「哇，這力道可真大，顱骨都碎成這個樣子了。」桂斌說。

我皺起眉頭，說：「木質工具是形成不了這麼嚴重的骨折的，看來應該是金屬質地的工具，而且這個工具的表面還很粗糙，那會是什麼呢？」

看到我又開始糾結在兇器的具體類型，管法醫在旁邊不耐煩地撇了一下嘴。管法醫在法醫系統裡幹了大半輩子，沒有犯過什麼大錯，也沒有立過什麼功勞，只要安安穩穩地再這麼過兩年，就可以光榮退休了。看得出來，他對我們的推測完全不以為然，雖然我對這種敷衍的態度很反感，但也不好意思當眾駁他的面子，只好繼續小心地取下死者的腦組織。

「咦？那個……額部怎麼有腦出血？額部頭皮沒損傷啊！」大寶抬起手臂推了一下眼鏡，又翻過死者的額部頭皮確認了一下，「對沖傷？」

「不是吧！」我說，「對沖傷只有在摔跌的時候才會形成。」

我用止血鉗剝離了顱底的硬腦膜，露出骨折線，說：「你看，骨折線從枕部延伸到了額部，因為骨折，所以才會在額部形成血腫，這和對沖傷的原理不同。我覺得還是骨折引起出血的可能性較大，應該不是對沖傷。」

「是啊。」在一旁拿著死者顱蓋骨研究的桂斌說，「你看這枕骨上的骨折線有截斷現象。我們都知道只有多次受力、多次骨折，骨折線才會彼此交錯截斷。

「這麼說，死者頭部是被打擊了兩次以上，不過只有一次形成創口而已。」我說。

縫合完畢，我說：「後背要不要看一下？」

話音未落，管法醫就提出了抗議：「我看不用了吧？天就要黑了，這裡光線又不好，更關鍵的是這個案子我們法醫也發揮不了太大作用！死亡原因很簡單，死亡時間又不用推斷，致傷物你們也搞清楚了，相關人等的利害關係又那麼明顯，你們還怕破不了案嗎？再說，這個案子又不可能有兇手騎壓死者的過程，看後背有什麼意義？」

我點點頭，頸椎病大概又犯了，感覺一陣眩暈，便說道：「管師兄說的也是，任務大致完成了，收工吧！」

回到旅館，我們總結了一天勘察現場、檢驗屍體的結果，在晚上九點專案會議開始前，抵達了專案小組辦公室。

「死者孫先發因頭部遭受鈍性工具的暴力襲擊，導致重度顱腦損傷死亡。」雖然不算是身經百戰，但是站在這裡的我，也是一路摸爬滾打過來的，語氣裡已經有了師父那般的自信，「現場勘察中發現，死者家中沒有被翻動的跡象，可以排除謀財殺人。據我們分析，仇殺的可能性很大。死者並不是處於準備入睡的狀態，應該是剛回到家又要出門時遭到襲擊。兇手用的兇器應該是金屬質地、表面粗糙的鈍性工具。我們所能提供的資訊目前只有這麼多，這個案子因果關係明顯，調查出頭緒應該不難。」

專案小組組長點了點頭，給主辦的偵查員使了個眼色，示意他介紹調查情況。

「孫先發參加女友劉金葉的喪禮，在喪禮上和村民陳長林發生了口角衝突，這是目前調查到最可疑的線索。」主辦偵查員說，「劉金葉今年二十四歲，前天晚上橫越馬路時被車輛撞擊身亡。她生前私生活混亂，據調查，和她有曖昧的人至少有十七個，從十八歲的小伙子到六十歲的老頭都有。」

整個專案小組的人都在搖頭。

主辦偵查員接著說：「目前我們正在逐一梳理劉金葉生前的人際關係，以備下一步調查。另一方面，我們也派出一組人調查孫先發的其他人際關係。」

「好！」專案小組組長說，「除了晚上有任務的，其他人都休息吧，我相信這個案子破案不難。」

「等等！」我打斷道，「據我猜測，兇手應該是尾隨被害人到家的，被害人回家的時間也不算晚。所以，我覺得應該加派人手訪查附近村民，問問有沒有人看見被害人當晚被人跟蹤。

如果知道了兇手的體貌特徵，就可以縮小偵查範圍，更容易調查了。」

「秦科長言之有理。」專案小組組長說，「轄區派出所的人今晚別休息了，去事發地點附近蹲守，看看有哪些人晚上會路過現場附近，問一問這些人昨晚的這個時候是否曾路過該地，看到被害人和那個跟蹤他的人。」

專案會議散會後，我得意揚揚地回到了旅館，對躺在旁邊床鋪上的大寶說：「這個案子看來法醫發揮不了太大的作用，我推測很有可能會透過訪查行人而破案，你信不信？」

大寶點了點頭，說：「你分析得很有道理，跟蹤尾隨，伺機殺人，希望能早一點兒破案吧。」

3

第二天早晨，我們就回到了合肥。

「怎麼樣，這個案子有沒有把握？」師父見我出差一天就回來了，立即問道。

「沒問題，這個案子線索明顯，應該很快會破案。」我拍著胸脯說道。

師父點了點頭，沒有追問，又說：「去年全省各地招考的新法醫已經完成新生培訓了，但是這一批招考的法醫絕大多數不是法醫學專業畢業的，而是臨床醫學畢業的，必須要經過法醫學專業培訓。鑑於人數比較多，有四、五十人，分頭培訓有難度，我們省又有皖南醫學院這樣老牌的法醫專業高等院校，資源不能浪費，所以省廳決定統一組織培訓。你是那裡畢業的，具體事宜交你去辦，半個月內完成準備工作，再給學員半個月時間交接工作，六月初開始進行培訓。」

省廳的工作就是這樣，除了日常的鑑定、檢案和出勘現場以外，還包括了繁重的行政事務。行政工作雖然看起來枯燥無味，但是想想這些工作可以有效提升全省法醫的整體辦案水準，我就心安了，工作也就有動力了。

半個月的時間說長不長，說短也不短，但是這一忙，就感覺時光飛逝。半個月來，我打報告、發通知、核對名單、聯繫學校、安排預算、設計課程、預約教授，忙得不亦樂乎，早已把石培縣孫先發的案件拋到了九霄雲外。

培訓的準備工作超時了，我整整用了二十一天的時間才全部準備妥當。按下了正式通知的「發布」按鍵後，我重重地靠在椅背上，仰天長舒一口氣道：「終於搞定了。」

「冬瓜，你看你天天忙得面色蒼白的，不怕鈴鐺拋棄你？」林濤恰巧經過我的辦公室門口，發聲奚落。

「才不會。」我說，「誰像你啊？被拋棄了無數次。」

「怎麼可能？」林濤歪著脖子說，「是我拋棄了別人無數次好不好。」

我用雙手搓著臉，說：「好吧，好吧，你帥，你吃香，你馭女無數，好了吧？我得休息一會兒，太累了。」說完，我掏出香菸，扔給林濤一支。

「休息什麼？」林濤說，「石培的那件案子，陷入僵局了。」

我倏地一下坐直了身子，說：「僵局？怎麼會？線索不是很明確嗎？」
「線索是明確。」林濤說，「但是十幾個關係人全部排除掉了犯案可能，都沒有作案時間。其他的線索也沒用，所以現在專案小組不知所措，測謊都用上了，還是毫無結果。」
「是不是辦事不力啊？」我說，「這麼簡單的案子也搞複雜了？」
「不知道，陳副主任說過幾天等他閒一點，他要再帶我們前去覆核。不在你這兒聊了，事挺多的，我先忙去了。」林濤轉身走出了辦公室。
「看來師父不太放心我們啊！」我對在一旁發呆的大寶說，「不過這是好事，案子不破，總是臉上無光，我相信師父能發現更多的線索和證據。」

「怎麼這兩天總是無精打采的？」鈴鐺端著碗，打斷了我的沉思。
也許是受到了孫先發案件的刺激，抑或是擔心自己在出勘工作中有所遺漏，在得知案件一直沒破後的幾天，我確實是情緒低落，提不起精神來。
「哦，沒事。」我極力掩飾自己的情緒，岔開話題，「能不能在家吃飯啊，天天來這家雞店喝雞湯、吃雞肉，難受不難受？」
「什麼叫雞店？」鈴鐺捂著嘴笑道，「說話真難聽。喝雞湯補腦的，你不是天天嚷著現在記性不好嗎？你看，這是雞雜，裡面就有雞心，雞心雞心，吃了有記性。」
「虧你還是學醫的。」我搖了搖頭，繼續往嘴裡扒飯，嘟囔道，「當個醫生，還信偏方，這有科學道理嗎？」
鈴鐺收起了笑容，說：「你肯定有心事，逗你樂你都不樂，說，是不是和誰有姦情？是不是幹了對不起我的事情？」

「哎喲，姑奶奶。」我不耐煩起來，「誰閒得沒事去搞姦情啊？工作上的事，工作上的事！」

「工作上的事也和我說說嘛，悶在心裡好玩嗎？」

我見鈴鐺有些不高興了，就說：「也沒啥事。就是上次去石培的那件案子，居然到現在都沒破，師父明天要去覆核，我有些擔心，怕自己有疏忽。」

沒有像想像中那樣釋然，鈴鐺的眼神反倒是迷離了起來。沉默了一會兒，她抬起頭看著我，一雙大眼睛閃爍著，說：「我和你說個祕密。」

鈴鐺總是和我說「祕密」，但是她的那些祕密我一點也不感興趣。我敷衍地「哦」了一聲，繼續埋頭往嘴裡扒飯，心想，又該是那個誰誰誰和誰誰誰有一腿，那個誰誰誰瞞著老公買了個LV……

「其實我以前有個堂妹，如果還在的話，該有二十五歲了。」鈴鐺放下碗筷，慢慢說道。

我也停止了狼吞虎嚥，這個「祕密」有些噱頭。

「是我親叔叔的大女兒，叫林笑笑。」鈴鐺接著說道，「可惜的是，她在七年前被殺了。」

「七年前？」我說，「那時候我們還不認識吧？不過怎麼從來沒聽你說過？」

「家人一直很忌諱說這件事。」鈴鐺面露難色，「叔叔受了很大的刺激，沒人敢在他的面前提起這件事。」

「是你叔叔的仇人幹的？」聽見刑案，我的神經就會不自覺地敏感起來，「不然誰會對一個十八歲的小姑娘下手？」

鈴鐺慢慢地搖了搖頭，一絲悲涼躍上眉梢，「案子到現在都沒破。」

「沒破？」我幾乎跳了起來。即便是七年前，各地公安機關對偵破命案的重視程度也已經非常高了，一遇命案幾乎全警動員。那個時候，命案偵破率達到百分之九十。一直崇尚命案必破的我，萬萬沒有想到自己的身邊居然有這麼一起懸案，而且被害人還是鈴鐺的親人。

「那是發生在你老家雲泰的事？」

鈴鐺點點頭，說：「是的，在雲泰第十二中學發生的案件。那時候你還在上大學，肯定不知道這一起命案積了案。」

鈴鐺和我在一起時間長了，對於警方的術語也瞭解很多。命案積案就是指未破的命案，就像員警欠百姓的帳。命案不破，勢必會在刑警的心裡留下心結。

「那……你們猜測過會是誰幹的嗎？」我問。

「唉，這就是家人們不願意再提這件事的原因……」鈴鐺頓了頓，嘆了一口氣，黯然地說道，「笑笑她……被姦屍了。」

我暗自咬緊了牙關。

「笑笑的屍體是在學校的廁所附近發現的。」鈴鐺接著回憶道，「當時圍觀的人很多，笑笑就那麼……唉！她一直都是個很乖很開朗的小女孩，小時候我去叔叔家玩，看到牆上貼滿了笑笑的獎狀，真的，連幼稚園的都有。叔叔最得意的就是這個女兒，親眼看到那個景象，他整個人都崩潰了，我不知道他最後是怎麼熬過來的。總之從那時候開始，我們再也沒有人敢提到笑笑的名字。過去的就讓它過去了。」

我低下頭，重新拿起碗筷，慢慢地吞咽著米飯。

「當時這案子沒有發現什麼線索，員警查了一年多，盤問了很多人，我們都看在眼裡。但兇手就是找不到，怎麼都找不到！最開始的痛苦和憤怒過去之後，我們也開始慢慢接受這個現實。或許不是什麼事情只要努力就一定都能做得到的，如果事情沒有按照你想的那樣收場，那就得慢慢學會放下，才能繼續往前走。」鈴鐺說到這裡，用筷子輕輕戳了戳我，「喏，我說了這麼多，你懂我的意思了沒？」

我放下筷子，捏了捏她柔嫩的手背，微微一笑。鈴鐺的好意我明白，但她眼中一閃而過的淚光也讓我心裡微微一沉。一切真的都能過去嗎？笑笑也好，孫先發也好，他們需要的也許只是真相。

4

隔天一早，師父便帶著我、李大寶和林濤奔赴石培縣。來到孫先發家前，師父率先下了車，和石培縣公安局局長簡單寒暄後，他拎起現場勘察箱走進了現場，我向大寶使了個眼色，大寶趕緊跑上前搶過師父手上沉重的箱子。

我和大寶在院子裡看著師父進進出出勘察現場，偵查員在一旁說明著當時現場的情況和屍體的位置。師父突然朝我們招了招手，我和大寶趕緊走了過去。

「你們在現場沒有發現奇怪的地方嗎？」師父問道，「屍體的姿態、血跡的形狀都能解釋得過去？」

我想了一想，無言地點了點頭。

「你說死者是在靠近牆腳的位置被兇手從背後打擊枕部倒地的。」師父站在我們設想的位置，重建著過程，「那麼，死者倒地，要麼是頭朝院門仰面倒地，要麼是頭朝牆腳俯臥倒地。」

我沉思了一下，聽起來確實應該是這麼一回事。

「但是死者是頭朝牆腳，仰面著地。」師父說，「怎麼解釋？」

我支支吾吾，一時語塞。

「行了，現場就這樣。」師父並沒有對這個問題進行解釋，指著屋裡大廳桌子上的兩包菸，對身邊的偵查員說，「去查一查辦喪事的那家發的是什麼菸。」

「屍體昨天早上就拖出來解凍了。」桂斌法醫說，「現在可以進行檢驗了」

「那我們現在出發吧。」師父脫下手套說道。

沒有按照常規解剖，師父選擇先檢驗孫先發的後背。在我和大寶手忙腳亂地把屍體的後背肌肉逐層分離開以後，居然發現後背真的有損傷。

「師父真神！」大寶驚嘆道，「那個……您怎麼按了兩下就知道有損傷？」

師父顯然還在因為我們第一次工作的疏忽而生氣，沒有回答大寶的問題，反而說：「七根椎體棘突骨折，深層肌肉大片狀出血。我現在想問，這樣的損傷通常在什麼情況下形成？」

此時的我大腦一片空白，隱約意識到自己犯了大錯。

「作用力巨大，作用面積大。」桂斌替我們回答道，「通常在高墜傷中比較多見。」

師父瞪著我，一動不動，就這樣足足瞪了兩分鐘，才厲聲說道：「打開顱腔。」

我顫抖著手，沿著原切口，剪開了縫合頭皮的縫線。拿開顱蓋骨，死者的腦組織咕嚕一下從顱腔裡翻滾了出來。

師父用臟器刀一層層切開腦組織，說：「說後背沒打開，是工作疏忽，但是這個頭顱損傷，你們看不出來是怎麼回事？」

「您是說對沖傷？」我辯解道，「我覺得這個損傷不是對沖傷。雖然他是枕部著力，卻在額部形成血腫，我覺得額部的血腫是橫跨顱底的骨折形成的。」

「你有證據嗎？」師父皺起了眉頭，說：「我猜，你的下意識裡認定了這是一起兇殺案件，所以用猜測的態度排除了它是對沖傷的可能。」

「不，我們發現死者的頭部有骨折截斷現象，應該不止一次打擊，高處墜落怎麼會有多次受力？」我極力辯護著。

「你說的是這處？」師父指著顱骨上的骨折線說，「凹陷性骨折會在顱骨受力中心點周圍形成同心圓似的骨折線，同時也會以此為中心點，形成放射狀的骨折線。放射狀的骨折線遇見同心圓似的骨折線，自然會截斷。所以，這不是截斷現象，而是凹陷性骨折的典型現象。」

我盯著顱骨仔細地觀察著，心裡還有些不服氣。

「別不服氣。」師父說，「如果是骨折線形成的血腫，應該在整個腦底沿著骨折線的地方都有血。而死者枕部和額部的兩處血腫彼此孤立，並無連接，這是對沖傷的典型特徵。而且，骨折形成的血腫，血是黏附在腦組織外的，對沖傷形成的血腫則是在腦組織內。這是因為骨折形成血腫是骨折斷段刺傷腦組織，而對沖傷形成血腫的原因是腦組織撞擊顱骨形成的內部腦組織挫裂。這個死者額部的血腫，用抹布是擦不掉的，所以血腫是在腦組織內部的，符合對沖傷形成的腦內血腫。」師父一邊說一邊用抹布擦拭他手裡腦組織上的血塊。

我像是洩了氣的皮球，站在一旁發呆。

師父接著說：「另外，如果死者遭受多次打擊，下意識的反應應該是用手護頭，這樣他的手上就可能因為兇手的第二次打擊而形成抵抗傷，或者手上沾有血跡。可是，死者的手上既沒有傷，也沒有血。」

這些論點都很有說服力，我暫時沒了反駁的依據。

「不可能吧？」桂斌發出疑問，「您真的覺得他是從高處墜落摔死的？」

師父點了點頭，說：「依據屍體上的損傷，我有充分的證據確認死者是從高處墜落，背部和枕部著地而導致死亡的。」

「我還有個疑問。」我仍在負隅頑抗，「現場死者躺著的位置，離地面二十公分高的地方發現了死者的血跡，高處墜落怎麼會有噴濺狀血跡？」

師父想了想，突然眼睛一亮。他用止血鉗指了指死者顱底的骨折線，說：「顱底骨折，顱內的腦脊液和血會通過顱底的骨折裂縫漏到口鼻腔內，由於死者的意識模糊，所以血液和腦脊液會被死者吸進氣管，導致嘔吐、嗆咳，血跡自然會被死者嗆咳到牆壁上。」

我想起了現場血泊旁的嘔吐物，看來師父分析得絲毫不差。

師父用刀劃開死者的氣管，說：「看！不出所料，他的氣管裡都是些帶血泡沫。」

最後一個疑點都被師父合理解釋了，我徹底放棄了抵抗，看來死者還真的是摔死的。

「可是……」我說，「半夜三更的，孫先發為什麼會從高處摔下來呢？如果是的話，他原始躺倒的位置正上方就應該是他墜落的起點。」

我說完，脫下手套，走到解剖室外的辦公室裡，打開了電腦裡的圖片。

「那麼，墜落的起點應該是靠近樓外牆牆壁的圍牆牆頭上。他半夜三更爬自己家的牆頭做什麼？」

「那、那個……既然是摔死的……」大寶因為我們的失誤而亂了分寸，「是不是……趕緊要撤案啊？」

「別急！」師父說，「死亡方式是高處墜落，但不表示這一定是一起意外，接下來我們就要搞清楚死者半夜爬到高處的原因。」

「死者從自己情婦的喪禮上喝完酒回家，把香菸和鑰匙放在屋內，自己又走出屋外，鎖了屋門，爬上牆頭，然後跳下來摔死？」我一邊回溯時間順序一邊說，「殉情？還是偷窺？」

看到我們都開始深入思考，師父的氣才消了一些，他被我的這個假設逗樂了，笑說：「你還真有想像力，偷窺都能想得出來！他的鄰居都是些老弱病殘，有什麼好窺的。」

師父的話音剛落，偵查員就走進了解剖室，「報告副主任，按照您的指示，我們去調查了劉家辦喪事當天參加喪禮的部分人士。這些人都表示，劉家沒有發給每個人香菸，而飯桌上放著招待的香菸則是雙喜牌。」

我一時丈二金剛摸不到頭腦，發什麼香菸，和破案——不，現在應該說是對還原事件有什麼用呢？

師父一邊脫下解剖服，一邊拿出一根菸，點上後，深深吸了一口。

我們都肅靜地站在師父身邊，等他開口指示下一步工作。

突然師父說：「應該是這麼回事。」

我們都是一頭霧水，我忍不住問：「應該是怎麼回事？」

「你們之前說死者是進了屋以後，又出門爬牆頭，是嗎？」師父問。

「是啊！」我說，「他的香菸和鑰匙都已經放在大廳的桌子上了嘛！」

師父笑了笑，說：「桌子上的物品，有可能是死者回到家裡放在桌子上的，也有可能是死者下午離開家去參加喪禮的時候，根本就忘記帶在身上的。」

被師父一點，我恍然大悟，「哦，對，是啊！」

「是？那個……是什麼？」大寶還沒能反應過來。

我接著說：「如果是死者根本就忘記帶鑰匙和香菸出門，香菸不要緊，沒鑰匙，他晚上怎麼進家門呢？」

「嗯！」桂斌法醫抱著雙手，慢慢地補充道，「所以副主任才會讓偵查員去調查香菸的問題。劉家提供給參加喪禮的人們的菸是雙喜牌，而據之前調查，死者家裡放著的卻是玉溪菸。」

我補充道：「既然死者家裡的菸不是下午喪禮上的菸，那麼就不能根據香菸、鑰匙在屋內而推斷死者已經進了家門。這樣看來，死者下午出門的時候，很有可能就是忘記帶鑰匙和香菸了，所以他晚上進不了自己的家門。」

「進不了家門……」師父繼續發問，「如果是你們，你們該怎麼辦？」

我重新回電腦前一張一張瀏覽著現場照片。

「知道了！」我眼前一亮，「你們看，死者墜落的地方上方是牆頭，牆頭旁邊就是二樓窗戶，別忘了我們第一次現場勘察的時候，二樓的窗戶是開著的，當時林濤還說這樣開著窗戶很危險。」

「是了。」林濤一直在旁邊聽我們的分析，這時候也開了口，「死者應該是爬牆想移到窗戶旁邊，翻窗入室，可是他喝了酒，手腳不穩，就從牆頭上摔了下來。」

「現在我們該怎麼辦？」我摩拳擦掌，蠢蠢欲動，想趕緊彌補自己之前犯下的錯誤。

「不好辦。」師父說，「現在的一切都只是推斷，更糟糕的是，之前縣警局已經立案而且通知了死者家屬。如果沒有充分的事實依據，我們就這樣去通知家屬，那人家一定會說是我們公安破不了案就說死者是自己摔死的。要我，我也不信服。」

我低下了頭，知道這是師父在拐彎數落我。

「行了。」師父看見我自責的表情，又於心不忍，接著說，「現在我們去現場吧，希望能在現場找到有用的證據。」

「這事不能全怪秦科長。」林濤也聽出了師父責怪我的意思，上前幫我擋了一槍，「我們鑑識人員也有責任。我覺得我們這次是可以很快找到線索的，因為第一次勘察，我們只勘察了墜落點地面和二樓的窗框，對於死者可能觸碰到的牆頭、二樓窗臺我們並沒有仔細看。」

「這不能怪你。」師父鐵了心讓我挑全責，「法醫沒有搞清楚致傷方式，錯誤地重建現場，你們自然不可能在對的地方尋找到痕跡，秦明這次難辭其咎。」

我又低下了頭，這次的教訓的確夠深刻的了。

到了現場，林濤隻身爬上了近兩公尺高的牆頭，用放大鏡在牆頭上尋找著痕跡，另幾名鑑識人員則在二樓檢查窗臺。此時此刻，幫不上忙的我只能焦慮地在院子裡打轉，期待著他們的好消息。

師父的推斷又一次接近了事實。很快，林濤和他的弟兄就在牆頭和窗臺找到了直接證據。

「牆面、牆頭的痕跡已經可以證明一切了。」回去之後，經過比對，林濤高興地向師父彙報道，「雖然經過一個月了，但是現場一直保存得很好，跡證都沒有遭到破壞。牆面有明顯的摩擦痕跡，應是死者上牆的時候留下的；牆頭也有幾枚死者的完整足跡，其中一枚右足足跡有變形，有擦挫，應該是滑落的時候留下的。」

「窗臺上也有死者左手的指紋和掌紋，從方向上來看，是從外到內的，也就是說死者的左手已經搭上了窗臺，但是右手沒有來得及搭上來。」另一位鑑識人員說。

「我也有發現。」師父拎著死者的一雙鞋子，說，「我仔細看了死者鞋子的邊緣，右腳的鞋子邊緣有和硬物摩擦形成的損傷。方向是從下到上，這個證據也可以印證死者的腳和牆頭有摩擦滑落。」

「那麼，現在看來……」大寶插話道，「死者應該是左手攀上了窗臺，左腳和右手懸空，右腳突然滑了，導致他仰面下落著地。這樣也就解釋了死者為什麼會是頭朝牆腳仰面著地的姿勢。」

我在一旁默默無語，看著他們一點點重建出現場，還原出事實真相。

有了充分的現場證據，案件很快就撤銷了。又睡了一晚上鬱悶覺，我起了個大早，到師父辦公室主動檢討。

師父的態度和我想像中大相逕庭，他溫和地問：「知道自己犯了什麼錯誤嗎？」

我點了點頭，說：「知道，先入為主、工作不仔細。」

「嗯，總結得很好。」師父說，「你剛去時，所有人都說是命案，所以你也認為是命案，但是你忘記了一個法醫最先應該搞清楚的，就是死者的死亡方式。因為先入為主，所以你主觀臆斷地排除了一切意外事件的可能，最要命的是沒有深入解剖，遺漏了背部損傷這麼重要的一個線索。其實，你當時要是打開死者後背，你的判斷一定會發生天翻地覆的變化。」

「其實，是管法醫一直在催我快點結束，所以我才沒打開後背。」來之前我已經想好了無論如何不辯解，結果這時候卻又忍不住為自己辯解。

師父語重心長地說：「你是省廳法醫，錯和對都要你來承擔責任，你不應該受到任何人的影響。幸好這個案子一直沒有動手抓人，如果讓別人蒙冤入獄，你的良心又如何得以安寧呢？」

師父說的在理，我默默地點頭。

「法醫不好幹啊！」師父說，「好在你運氣好，這次失誤並沒有造成什麼嚴重的後果。錯誤判斷一起案件，浪費大量警力不說，可能會讓清白的人蒙冤，也可能會讓兇嫌逃脫法網，所以說法醫的責任真的很大。你要想當好一個法醫，就要時時刻刻都不忘記認真、細心。不要害怕失誤，要有信心繼續迎接挑戰，因為我們有我們的武器，那就是法醫科學。科學是可以戰勝一切的。」

我深吸一口氣，抬起頭來說道：「相信我，師父，我一定會將功贖罪的。」

第2案

雙屍謎案

沒有人性的怪獸就隱藏在人群當中。

——史蒂芬・金（Stephen King）

1

天氣漸熱，也就進入了法醫工作的「旺季」。有心理學家研究認為，夏季人們心情煩躁，極易被激怒，所以犯罪也就隨之增加。的確，在我們法醫的檔案紀錄裡，夏季的自殺事件、意外事件和命案發生的頻率都比其他季節高得多。所以法醫都不喜歡夏天，不僅僅因為工作多得做不完，更因為炎熱的天氣使屍體腐敗加速，那個味道總是讓人幾天都回不過神來。

「我要是生在冰島就好了。」大寶瀏覽著基層公安機關送來的一起高度腐敗屍體案件的照片檔案說道，「沒有夏天，沒有高度腐敗屍體，在冰島當法醫一定是一件很愜意的事情。」

「你就知足吧。」我心不在焉地說，「沒把你生在非洲，你該謝天謝地了。」

一個月來，我總是被同一個噩夢所干擾，無法專心做事。噩夢的場景總是大同小異：尖叫的女孩、看不清面目的男人、哭泣的老人、圍觀的人群……自從鈴鐺將笑笑的故事告訴我之後，這件懸案便成了一根魚刺，時不時地哽在我的喉頭。

案件總是連續不斷，我一直沒有機會好好調查這起陳年舊案，或許現在就是最好的時機。我坐在電腦前，打開省廳的案件檢索系統，在被害人一欄中輸入「林笑笑」的名字。多虧了強大的資料庫系統，案件資料很快呈現在我的眼前。

那一天發生的故事，和鈴鐺說的大致相同。

那時候還在住校的中學生林笑笑晚上離開寢室去上廁所，這一去就是兩個多小時，寢室熄了燈，她還沒有回來。同寢的女孩們出去找了一圈沒找到她，後來便報了警。員警找到半夜，在廁所後面的樹林裡發現了林笑笑的屍體。

檔案裡當然也有現場的照片。第一張是全景。現場在一處陰森的小樹林裡，四周黑乎乎的，隱約只能看到一團紅色的影子。下一張近距離的特寫照片裡，林笑笑的慘狀才醒目地出現在我面前。她整個人俯臥著，長長的秀髮遮蓋了她的面容，雙手被一條綠色的尼龍繩反綑在背後。上身的紅色睡衣凌亂地散著，下身卻是赤裸的。睡褲和內褲都散落在屍體的一側。林笑笑的雙腿叉開，腿下的泥土有明顯的蹬擦痕跡，看來這就是她遇害的第一現場。如果鈴鐺的叔叔看到的是這樣的景象，怎麼可能不大受刺激呢？

法醫的屍體檢驗報告也附在檔案中，報告裡寫著：死者口鼻腔變形，口腔和氣管裡有泥土雜質，判斷是死者的面部被兇手按壓在軟泥土上，導致機械性窒息。雙手綑綁處以及陰道內的損傷生理反應不明顯——也就是說，兇手是把林笑笑挾持到案發地點後，將其面部按壓在泥地裡，直到她窒息不再掙扎後，恐其未死，所以又綑綁雙手，然後強姦被害人。其實，這個時候林笑笑已經死亡，兇手是在姦屍。

這麼看來，案件不難啊，我心裡想，簡單幾張照片和鑑定報告，我就大致還原出了兇手的犯案過程，為什麼林笑笑的案子一直沒破呢？我接著往下瀏覽，直到看到「證據」一欄，我才知道，原來這個案子沒有發現足夠的證據，沒法篩選出犯罪嫌疑人。

不對！既然是強姦案件，精斑總是有的吧？為什麼沒有採取到生物檢材呢？看死者的陰道損傷，以擦傷為主，且損傷分布均勻，不像是猥褻，而應該是姦屍啊！為什麼找不到證據呢？

正當我陷入沉思的時候，尖銳的電話鈴聲響了起來，是師父要我到他辦公室去。

「正好，我去問問遴選的事。」我關掉林笑笑案子的資料，對大寶說道。

近幾年，出勘命案現場主要是師父帶著我跑，兩個人工作負荷很大，所以我們準備從基層公安機關遴選一名法醫加入省廳法醫科。最為理想的人選當然是大寶。他在省廳的一年見習期將滿，留下他是我們的願望。但一進門，師父就給我潑了冷水，告訴我遴選考試和面試並不由我們做主。

「為什麼我們用人的單位沒有決定權？」我不服氣地嚷嚷。

「遴選是有正規流程的。」師父皺起眉頭，說：「這樣做都是為了公平公正，不然人家管理部憑什麼幫你幹活？你想要誰就要誰，那還不亂了？」

「什麼公平公正？」我說，「我就想要李大寶！」

「李大寶？」師父笑著說，「你就是想要李昌鈺也沒用，也得考試。別廢話了，讓大寶專心準備考試，你趕緊準備準備去汀棠。昨晚汀棠市區發生了命案，一死一傷，案情重大，破了案再說別的事。」

看溝通沒有結果，我也沒有繼續追問汀棠市案件的始末，低頭悻悻然回到辦公室，默默地收拾著現場勘察用具。

「沒關係。」大寶早已預料到了這個結果，「我努力就是。」

我突然站起身，解下腰間的皮帶，抽了一下桌子，說：「別廢話，複習，快！」

一路無語，我很快就駕車趕到了汀棠。已經結束了在省廳學習的汀棠市公安局法醫趙永站在高速公路匝道出口翹首等著我。幾個月沒見，我下車和他親熱地搭了搭肩。

「一死一傷還要我們省級法醫來嗎？」我說，「傷者不都可以親口敘述犯罪過程嗎？不需要重建現場吧？」

「是啊。」林濤下了車，理了理頭髮，附和著說道。

「別提了。」趙永說，「死的是那家的老婆，員警到得快，老公當時沒死，昨晚搶救了一夜，今早醒了，感覺意識不太清楚，警方還沒談幾句話，就在剛才你們還在路上的時候，死了。」

「死了？」我大吃一驚，這一死一傷的案件變成兩人死亡的案件了。

「是啊。」趙永說，「傷者被診斷為心臟破裂，昨晚急診雖曾進行心臟手術，術後病情卻一直不穩定，今早突然心跳驟停，就死了。」

「死者是什麼人？」我問。

「死者是一對上了年紀的夫妻，都是小學老師，平時為人和善，也沒聽說有什麼仇人。」趙永說，「兇手是上門直接殺人的。」

「可以排除是謀財嗎？」聽說兩個人都死了，我急於瞭解案件詳情，以便在進行現場勘察之前，心中先有數。

「不可能是謀財。」趙永說，「男死者生前和偵查員說，兇手進門就直接砍人，什麼話都不說，而且砍完人就走。」

我默默點頭，說：「動作簡單，乾淨俐落，應該是仇殺了。」

「怪就怪在這裡。」趙永說，「兩夫妻生活很簡單，偵查員查了一夜，一點突破都沒有，沒有任何仇殺的線索。」

「難不成是殺錯了人？」我背後涼了一下，「如果是報復錯了人，那就不好查了。」

「我們先去局裡，看看偵查員在男死者死前搶救後清醒的時候詢問他的影像吧。」

我點了點頭，算是對汀棠市公安局取證仔細的贊許。

到了市警局法醫室，趙永拿出了一張光碟，塞進了電腦光碟機。很快，螢幕上出現了一個醫院加護病房的場景。我晃了晃腦袋，總覺得自己像在看電視劇。

只見病床上躺著一個五十歲左右的男性，白色的被子蓋到頸下，被子下伸出各種管子、電線，一旁的儀器上撲騰撲騰地跳著一個黃點。男人鼻子裡也插著管子，疲憊地半睜著雙眼。床邊坐著兩名便衣員警，其中一位問：「我們經過醫生的允許，向你問幾個問題，你覺得可以回答就回答，覺得不適，我們隨時終止談話。」

男人無力地點了點頭。

員警問：「昨天你是怎麼受傷的？」

男人：「大概十點多，聽到有人敲門，我開了門，那人一進門就刺了我一刀……」沒說完就劇烈咳嗽了幾聲。

員警：「幾個人？你認識對方嗎？」

男人：「一個人，我不認識他。」

員警：「知道他為什麼傷害你嗎？」

男人搖了搖頭。

員警：「他長什麼樣？」

男人：「黑衣服……白衣服？平頭，其他不記得了。」

「個子有多高呢？胖還是瘦？有沒有什麼特徵？到底穿的是什麼顏色的衣服？」

男人又搖了搖頭。

「你有什麼仇家嗎？或者最近有沒有得罪了什麼人？」

男人沉默了半晌，搖了搖頭，說：「我活了一輩子，從沒樹過敵人。」

這時，可能是員警注意到了男人面色的異常，突然站起來握住了他的手，並招呼另一名員警去叫醫生。十幾秒後，幾名醫生護士衝了進來對男人實施急救。最終醫生直起了上身，一邊搖了搖頭，一邊開始收拾器械。

我看得頭皮發麻，雖然做法醫的人整天面對死亡，但在醫院實習期結束以後，我就再沒見過一條活生生的生命逝去的過程。

我定了定神，問：「他突然死了，不會是問案造成的吧？家屬沒找員警麻煩嗎？」

趙永說：「是死者家屬情緒激烈，強烈要求我們去詢問死者，要盡快破案，不然我們不會貿然去問的。而且他們是經過了醫生的允許才去問的，為了防止意外還架了攝影機，沒想到真發生了意外——不，也不能說是意外，後來醫生說，死者生前有冠狀動脈性心臟病，加之這次外傷導致心臟破裂，雖經手術，但不可預測的後果很多，隨時可能心跳驟停，和問案無關。」

我的心裡稍感安慰，點了點頭，腦子裡想的全是男人說的那簡短的幾句話。

「從這段影像裡只能知道兇手是進門就殺人，殺了就走。」林濤說，「還有就是兇手是個平頭。連衣服都說不清楚，線索太少了。」

「我一直在想……」趙永說，「他那個時候不會是出現幻覺，見到黑白無常了吧？」

我承認我的笑點低，雖然知道這個時候實在不該笑出來，但還是被趙永一臉嚴肅卻說出這麼有想像力的話逗笑了。「那個時候他的神志確實不太清楚，和黑白無常有什麼關係？這種情況下說的話，不能全信啊！」

汀棠市公安局刑警分隊長許劍松突然走進了法醫室，打斷了我們說話。「省廳長官來了啊，看完影像了？那我們一起聽聽專案小組簡介情況吧。」

2

專案會議上，負責本案的偵查員報告了案情：「男性死者楊風，五十三歲，女性死者曹金玉，四十九歲，兩人是夫妻，都在市立紅旗小學教書。楊風教六年級數學，曹金玉教三年級語文。兩人有一兒一女，都在合肥上班。家裡人都為人良善，從不和人發生衝突──經過昨晚和今天上午的調查，沒有發現任何情仇衝突關係。昨晚十點三十分，紅旗小學員工宿舍附近的小雜貨店剛準備關門，店主突然看見楊風從樓裡衝了出來，滿身是血，然後倒地不起，就報了案。派出所警員到達的時候，看見楊風奄奄一息，就立即通知救護車。救護車到達後把他送到了醫院。另一組警員從小店老闆那裡得知他是宿舍住戶，就立刻上到位於二樓的案發現場，發現房門大開，客廳內側的臥室門口躺著一個女人，隨行的醫生經過搶救，沒能挽救女人的生命。」

許劍松補充說道：「案情就是這樣，看似很簡單，其實很麻煩，沒有任何線索。現場附近兩公里內都沒有監視系統，死者家鄰居也都稱沒有聽見任何動靜，沒有看見過任何陌生人——這個時候，現場又處於市郊，附近路上沒有什麼行人。」

我點了點頭，說：「不浪費時間了，去看現場吧。」

地點是位於汀棠市城郊紅旗小學校園後側的教師宿舍。由三棟四層樓房並排所組成，包含一個院子，東西兩側都有門，樓後樓前都有圍牆。東側的門旁有間自建的平房，是一家雜貨店。樓房是二十世紀八十年代建的舊樓，走道裡很漆黑，即便是白天也是這樣。

案發現場位於中間樓房的二樓，為了不妨礙其他住戶的出入，走道沒有封鎖。派出所派出的警員端了把椅子坐在門口守著現場。見我們到來，趕緊起身開了房門。

雖然房屋很老舊，但是內部結構居然比較符合現在的潮流，可見在當時這樣的房屋結構一定屬於極其另類的。

一進房門，我們就站在了一個比較大的客廳的最左側。客廳右前方牆角靠著一組沙發，客廳的右側是兩間臥室的門。

現場是水泥地面，有很多殘破的地方，客廳中央的桌子上堆放著雜物。整體感覺這間房子一點也沒有書香門第的氣息，更像是獨居宅男的窩。

房門口的地面上有一灘不小的血泊，沙發和牆壁的夾角處也有成片滴落血跡形成的血泊，兩灘血泊之間有密集的滴落狀血跡，一大滴一大滴的，但沒有明顯的方向性。

沙發另一側靠臥室門口，有一大灘血泊，血泊還有拖擦過的痕跡。

「那裡就是女死者倒地的位置嗎？」我指著臥室門口的血泊問。

現場的鑑識人員點了點頭。

林濤看了看地面，說：「現場怎麼這麼多血腳印？」

鑑識人員說：「這些我們都仔細辨別過了，全是男死者和參與搶救的警消、醫生的足跡，沒有發現陌生足跡。」

林濤說：「不可能吧，現場有這麼多血，兇手怎麼會沒有留下足跡？」

我說：「有可能，如果兇手動作乾淨俐落，砍完兩個人就走，血還沒來得及在地面堆積，當然不會留下血足跡。」

我沿著血跡繞了現場客廳一周，接著說：「另外，血跡全是滴落狀，沒有任何噴濺狀血跡，應該是因為沒有傷到大動脈，傷的都是重要臟器。既然沒有動脈噴濺血，兇手身上不一定會沾上血。」

「手法相當狠辣。」林濤說，「有什麼深仇大恨呢？」

我招了招手讓林濤過來，我們倆一起蹲在沙發和牆壁的夾角處，我說：「你看，這裡的滴落血非常密集，但是這裡怎麼會有滴落血呢？」

林濤看了看大門口處的血泊說：「是啊，這裡離大門口超過五公尺遠，死者說兇手是進門就刺了他一刀，那這灘血是誰的呢？」

我搖了搖頭，說：「不對，我就說過神志不清楚的時候問案是沒有用的嘛，我覺得兇手不是進門就傷人，而是在沙發這邊動手的。」

我和林濤一起沉思了一會兒，我說：「如果是在門口動手，為什麼男死者受傷後又走回沙發旁邊，然後才跑出現場呼救呢？這不合情理啊！」

林濤點了點頭。

我想了一想，又說：「不對！還有一種可能，就是兇手在門口就刺了男死者一刀，然後看見女死者出現在臥室門口，就走進去殺害這女的。這個時候男的受傷了，忍著痛往裡面走，應該是想救女的，走到沙發左側這灘血跡的地方時，兇手已經殺傷了女的而離開了，男的就在這裡站了一會兒恢復體力，然後拼盡全力跑出去呼救。」

林濤說：「你說的這種可能完全可以解釋血跡形態，但是解釋不了痕跡形態。你看，沙發左側的血泊和大門口的血泊之間有隱約的血足跡，是男死者的足跡，足尖是朝大門口的，也就是說男死者是從沙發左側往大門口走。我們並沒有發現從大門口往沙發走的足跡。」

我點了點頭，說：「是的，男死者如果從大門口往裡走去救女死者，應該有一定的速度，血跡的滴落不應該是這樣呈現垂直的滴落形態。這兩灘血跡之間的滴落血全是垂直滴落，應該是大量出血，人緩慢移動時造成的。」

林濤說：「但是你說的那種英雄救妻說也不能完全排除，說不定他就是緩慢地移動到沙發左側，又緩慢地移動到大門，然後奔跑出去呼救，恰巧又沒留下血足跡。畢竟男死者生前自己說了是在大門口被傷害的，大門口又有血泊，還是符合的呀！」

「嗯，這個還需要進一步研判。」我說。

「研判這個有意義嗎？」林濤說。

我笑了笑，指了指放在沙發上的一只袋子說：「你看了袋子裡是什麼東西嗎？」

林濤顯然是還沒有看，立即好奇地掀開袋子口，說：「哇，這對小學老師生活不錯啊，喝五糧液。」

我說：「也不一定是待遇好，現在當老師吃香。獨生子女的家長當然希望老師能多照顧自己的孩子，給老師送一點禮物也正常。」

林濤說：「你不會懷疑五糧液是兇手送給死者的吧？」

我說：「如果男死者是在沙發這裡受傷的，那麼很有可能是有人來送禮時所發生的打鬥；如果是在門口被刺的，這兩瓶五糧液就和案件無關了。」

「我倒是覺得不可能是兇手來送禮。」林濤說，「如果是兇手送禮時發生口角而在激動之下殺人的話，男死者生前為什麼一個字都沒提呢？他說的是一個不認識的人刺了他一刀，他再神志不清，也不會幻想是個陌生人刺他吧？至少要說是某個家長，或者說是個送禮的人吧？」

「你說的也有道理，我們還是繼續找找別的線索吧。」我回頭對鑑識人員說，「現場採取的血跡進行DNA鑑定了嗎？」

許劍松分隊長的聲音突然在門口響起：「做了，結果剛出來，我就來向你彙報了。」

我笑了笑，問：「有什麼驚喜的發現嗎？」

許劍松說：「非常遺憾，和我們設想的一樣。走道裡一直延伸到雜貨店附近的滴落血全是男死者的，現場大門口、沙發左側血泊以及兩灘血泊之間的滴落血也全是男死者的。沙發右側兩扇臥室門門口的血泊全是女死者的。」

我沉思了一下，說：「你們採取了多少？」

「我們把現場有血的地方分了五個區域，每個區域採取了五份。」

「一共就提了二十五份檢材？」我搖了搖頭，說，「太少了，現場這麼多血，只提二十五份不能代表全部了啊。」

許劍松說：「秦法醫，你不會是指望我們能在現場採集到犯罪嫌疑人的DNA吧？現場這麼多血，兇手動作狠辣，現場停留時間很短，即使他受傷了，留下一滴兩滴血，在這麼多血跡中要找到兇嫌的血，豈不是大海撈針？更何況，兇手有沒有受傷我們還不知道呢，這個可能性也非常小啊！」

我沒再爭辯，就現在掌握的情況，的確還無法做出對案件有幫助的推斷。我憑空指責別人現場檢材採取少了，分隊長當然會不服氣。看來能不能找到有用的線索，全看下面的驗屍了。

3

我脫下手套，和許分隊長握了手，又拍了一下林濤的肩膀，說：「你們繼續在現場加油，我和趙永去殯儀館了，先看看屍體再說。」

看過那段錄影之後，再看到解剖檯上的屍體，我的心裡非常不是滋味。眼前的這個男人，早上還在溫暖的病床上安靜地躺著，下午就躺在了冰冷的解剖檯上。生與死只有一線之隔，一切又都發生在眼皮底下，就算是法醫也有點難以接受。

為了克服這種心理障礙，盡快進入工作狀態，我們決定先對女死者曹金玉的屍體進行解剖。曹金玉的損傷很簡單，兇手一刀貫穿她的睡衣，在她右側上腹部形成了一個黑洞洞的創口，抬動屍體的時候，腹腔的積血還在汩汩地往外流。

趙永打開死者胸腹腔的同時，我仔細地分離著死者的頸部肌肉。

「損傷很簡單。」趙永說，「單刃刺器，一刀從肋間隙刺入，導致肝臟破裂，腹腔積血……」

趙永用勺子舀出腹腔的血液，說：「至少一千毫升。肝臟貫穿了，應該是傷到了肝門處的動脈。」

我沒有應聲。

趙永說：「你在看什麼？這具屍體好像沒有什麼功課好做吧？兇手一刀致命。」

我搖了搖頭，說：「怕是沒那麼簡單。」

我剝離出死者的胸鎖乳突肌[1]，左右兩側的頸部肌肉中段豁然可見片狀出血。我又用止血鉗夾起死者的嘴唇，在牙齦和口唇的交界部位，也發現了烏黑的出血現象。

「有捂壓口鼻腔和掐扼頸部的徵狀，但是屍體沒有任何窒息的跡象。兇手應該對曹金玉有一段控制的過程。」我示意趙永過來看。

「嗯……」趙永沉吟，「楊風先受了傷，曹金玉出來呼救，這時候兇手控制了曹金玉也是正常的——但沒有道理啊！」

我想了想，覺得自己的推斷還不成熟，便沒再說話。

1 起於胸骨柄前面和鎖骨的胸骨端，止於顳骨乳突（耳後突起的骨頭）的斜行肌肉。

接著我們檢驗了屍體的顱腔和背部，沒有發現什麼異常，我們兩人互相配合著縫合了切口，又默默地把楊風的屍體抬上了解剖檯。

楊風是從加護病房直接送來殯儀館的，全身赤裸，倒是省去了脫衣服的麻煩。他的胸口有一道縫合的手術疤痕，疤痕的附近還有一些已縫合的微小創口。

「這條手術創口沒有皮瓣。」我邊拆開手術縫線邊說，「說明這創口是醫生留下的，不是原有的創口。他的致命傷不在胸口。」

「可他是死於心臟破裂啊！」趙永說。

我取了探針，依次探查軀幹的幾處小創口，沿各個方向檢測創口的深度。忽然在某一處，探針陷入了創口深處，我小心地撥動著探針，感覺到探針的頂部碰到了內臟。

「就是這裡了。」我指著死者左側季肋部[2]的一處創口說，「這一處刺進了胸腔，方向是斜向上的。」

趙永點了點頭，我隨即沿著死者胸部的正中線聯合切開了他的胸腹腔，露出了紅白相間的肋骨和粉紅色的腹腔內臟。

「死者季肋部和腋下的這六處創口，應該都是兇手所刺，和手術無關。」趙永說。

我點點頭表示認可，「創口形態一致，創角一鈍一銳，符合單刃刺器形成的創傷特徵，創口的長度在三公分左右，所以兇器的刃寬也是三公分左右。」

「和曹金玉肚子上的創口形態一致，應該是同一種工具造成的。」趙永說，「不過這也是白說，一個人哪會帶兩種兇器來殺人啊，是不是？呵呵。」

「這把刀很快啊！」我沒有回答趙永的話，仔細地分離著每一處損傷，「六處損傷，五處

2 通常指肋骨的下方。

沒有進入胸腹腔。」

「沒進入胸腹腔，還敢說刀快？」趙永笑著湊過頭來看我分離的每一處創口。

「這個兇手其實挺背的。」我說，「你看，這六處創口，五處都是直接頂上了肋骨，刀刃要嘛是卡在兩根肋骨之間，要嘛就是沿著皮下走，沒有進入胸腔。其實真正致命的就是這一刀。」

我拿起探針，從剛才發現的季肋部的那處創口伸進去，查看探針的走向，很快探針就通過肋骨進入了胸腔，然後一直延伸到了心包[3]的位置。「我說刀快的原因是——」我補充道，「永哥你看，這致命的一刀正好從兩根肋骨之間刺入心臟，刀刃的這一面肋骨斷了，說明這把刀的鋒利程度足以切斷肋骨。」

「那其他幾處刀傷為什麼沒有刺斷肋骨？」趙永問道。

「你仔細看！」我說，「這幾刀的方向不對，沒有能夠對肋骨施加壓力，只有其中一處卡在了兩根肋骨之間，雖然沒有進入胸腔，但在肋骨上也留下了削痕。」

趙永點了點頭表示認可，「心臟確實破裂了，這樣的損傷，即便做手術，也很難救活。唉，刀歪一點兒就沒事了。」

我們沒有再說話，一起打開了楊風的顱骨和後背，再也沒有發現其他有價值的損傷。和曹金玉不同，楊風的頸部和口唇是完好無損的。

我們默默地縫合，默默地把屍體抬上停屍床，默默地把屍體推進冰櫃。這件案子的細枝末節在我的腦海裡流動著，卻很難拼湊出一幅完整的畫面。脫下解剖服，我和趙永並排站在盥洗室裡，默默地洗著手。

3 心臟外面的一層薄膜，保護著心臟，使得心臟跳動的時候不會和胸腔摩擦而受傷。

「這個案子，好像法醫的功能不大。」趙永先開了口，「損傷簡單，大概除了死亡原因、致傷工具，我們沒法再確認其他線索了。」

「死亡時間都已經明確了。」我沖著手上的泡沫，「需要我們解決的就是兇手的問題：他是什麼人？為什麼要殺人？他現在處於什麼狀態？」

「我們能做的基本都做完了。」趙永關上水龍頭後說，「其他的是不是有些勉強了？這種事，推斷對了還好，推斷錯了，案子破不了的責任可就全推給法醫了。」

趙永說的是實情。

我搖搖頭，說：「一切都是為了破案，我們必須做到自己力所能及的。就算有失誤，就算會被批評，也不能因為這樣就不做分析了啊！」

「你是省廳長官。」趙永聳聳肩，「你說錯了沒事，那你就多說點吧！」

我們洗完了手，坐上公務車，天色已經漸漸黑了，趙永和司機商量著晚上去哪裡吃飯。我的腦海裡亂哄哄的，根本沒有聽清楚他們在說什麼。車子引擎啟動的剎那，我突然靈光一閃，腦海裡那團迷霧瞬間消散得一乾二淨。我定了定神，開口道：「永哥，我覺得經過驗屍，我們至少可以分析出四個非常重要的問題。」

這句話就像是投進水裡的一枚炸彈，他們的討論戛然而止，趙永猛地轉過身來，雙眼放光，開口就問：「哪四個問題？」

我笑了笑，法醫都是這樣，發牢騷歸發牢騷，想要破案的迫切心情卻不會因為牢騷而改變。

「首先……」我打開手中的礦泉水瓶喝了一口後說，「兇手的目的，不是殺人，而是報復。他的初衷不一定是置人於死地。」

趙永想了想，點頭贊同，「沒錯，死者身上雖然被刺了好幾刀，但位置都是在腋下和季肋部，都不是朝著重要的臟器去的。嗯，這一點很重要，對於以後的定罪量刑很關鍵。」

「這個作用可能不大。」我笑著說，「上門殺人，殺了兩個，大概也是難逃死罪。我是想透過兇手的行為，分析他的心態，以便更瞭解我們的嫌疑人。」

趙永點了點頭，用期待的眼神看著我，等待著我的下一個分析。

我接著說：「第二，我認為兇手是右手持刀，而且他的右手可能受傷了。」

趙永在鑑識中心學習過一年，對這種判斷思路並不陌生，他點了點頭，說：「同意。死者的損傷位於左側腹部和左側腋下，這就意味著兇手是右手持刀和他正面接觸。如果是左手持刀沒法形成這樣方向的損傷，也不可能是左手持刀從死者背後襲擊。」

我補充道：「屍體上的六處損傷，三處頂上了肋骨，兩處刺斷了肋骨，這說明兇手用的力量很大。刃寬三公分的小刀一般都沒有護手，所以兇手傷人的時候，他的手會隨著用力而向前滑動。之前我也說了，這把刀很鋒利，緊握小刀的手一旦滑動到了刀刃的部位，就很有可能受傷。」

「嗯。」趙永說，「這個不用解釋了，我完全贊同，那麼第三點呢？」

我清了清嗓子，接著說：「第三點，我認為兇手可能是死者的熟人，或者說，就是死者的學生家長。」

「什麼？」趙永一臉驚愕，「這可涉及偵查方向了，有什麼證據嗎？」

「永哥別急，你先聽我分析。」我笑了笑，說道，「之前我和林濤曾討論這個問題，楊風究竟是像他自己所說的那樣，一開門就在門口遭到了襲擊，還是走到沙發附近才遭到了襲擊，這一點很重要，但是的確也很難辨別，因為兩處都有血泊和滴落狀血跡。」

「那你是怎麼判斷的呢？」

「從血跡分析來看，楊風受傷時應該是在沙發附近。」我說，「我仔細觀察了血跡的形態，沙發附近的血跡是以一大滴一大滴的滴落血跡為主，血跡周圍的噴濺痕跡較長，說明滴落的位置離地面比較遠，也就是受傷部位比較高。而大門口的滴落血跡則噴濺痕跡較短，說明受傷部位比較低。這正好與人受傷後的移動軌跡相吻合，體力急遽下降之後，人的身體重心也會下移，楊風受傷後往外走，體力不支，很有可能就在門口蹲了一下，積存體力再跑出門去呼救。」

「你這樣說，我也想到了一點。」趙永說，「如果是一開門就被刺了一刀，楊風還站在大門口，應該會叫喊吧？鄰居會聽不見聲音嗎？」

我點了點頭，說：「還有一個最最關鍵的證據。」

趙永瞪著眼睛等著我說話，我賣關子似先喝了口水，笑了笑，說：「不知道你注意到了沒有，楊風身上的損傷有個特別顯著的特徵。」

趙永想了想，不知道我指的是什麼，於是搖了搖頭。

我解釋道：「你看，楊風的身上有六處損傷，三處在季肋部，三處在腋下，都在左邊，每兩處創口之間的距離不超過二十公分。這六處創口，你不覺得過於集中了嗎？」

「明白了！」趙永豁然開朗似叫道，「進入現場的大門，就是廣闊的客廳。如果兇手這個時候想用刀子，那麼楊風有足夠的空間去躲避，就不可能形成密集的創口了！」

「對！就是這個意思。」我補充道，「兇手應該是先刺了楊風的左側上腹季肋部，楊風反射性抱頭躲閃，才會把左側的腋下暴露給兇手。這說明他被刺的時候，根本沒有空間去躲避，只能反射性保護自己。」

趙永的眼睛裡閃爍著激動的光芒，「沙發左側的大片血跡，就是位於沙發和牆壁的夾角，如果楊風是在這個位置被刺，就沒有空間躲避了！」

「如果楊風是在客廳裡面的沙發旁邊被人刺傷，而客廳的地面又沒有打鬥的痕跡，那麼就說明這個兇手是可以和平地進入楊風家裡的人。換句話說，是楊風把兇手引入了客廳。」我繼續說道，「這樣，我們就不得不把這起案件和沙發上放著的兩瓶五糧液聯想到一起了。」

「你是說，兇手是來送禮的？」

「是的。」我斬釘截鐵地說道，「一般人不會把這些高檔的禮品放在客廳顯眼的位置，楊風是個老師，更不會破壞他自己為人師表的形象。如果他收了家長的禮品，不會放在客廳，唯一的可能就是他剛收到禮品，還來不及收起來。結合前面的分析，我現在非常懷疑兇手就是來楊風家送禮的學生家長。」

「我還有個問題。」趙永看來已經同意了我的觀點，「如果是家長，那麼楊風應該認識啊，那問案的時候，他為什麼說兇手是個自己不認識的流氓？」

我沉思了一下，說：「這個確實不太好解釋，有可能出於兩個原因：第一，老師未必能認全學生的家長，所以兇手可能只是自報身分，說自己是某某人的家長，就進入了現場，而楊風確實不認識他；第二，楊風在接受詢問的時候，不知道自己的老婆死了，也沒想到自己會死，所以他為了保護自己的聲譽，可能會隱瞞這個情節。」

「唉，他這樣隱瞞，可就苦了我們。」趙永說，「你說的這些我都同意，那你的第四個推斷呢？」

「我覺得兇手可能不止一個人。」我說。

「不止一個人？」趙永說，「怎麼可能！楊風自己說兇手是個不認識的人，意即就只有一個人啊！而且兩名死者身上的刀傷都是同一種兇器形成的，怎麼可能會有兩個人？」

「楊風說兇手是一個人，指的只是傷害他的人，第二個人未必動了手。」我說，「後來楊風還說了『黑衣服』、『白衣服』，是什麼意思呢？我覺得是在描述一個人穿著黑衣服，一個人穿著白衣服。」

趙永皺起了眉頭，這個推斷很難讓人信服。

我接著說：「我的主要依據是曹金玉身上的損傷。除了右側腹部的一刀以外，她的頸部和口腔黏膜都有損傷，尤其是頸部，兩側的肌肉都有出血。」

「嗯，那說明什麼呢？」

「兩側頸部肌肉都出血，口腔黏膜還有出血，我覺得一隻手是完成不了的，必須要有兩隻手才能造成上述的損傷。」

「哦。」趙永這才點了點頭，說：「你是說，兇手如果用手同時掐住曹金玉的頸部、按住她的嘴，那麼他就沒有第三隻手拿刀傷人了。」

我笑著點了點頭，不得不承認趙永真是一點就通。

「我懷疑在兇手刺傷楊風的時候，曹金玉從床上驚醒，跑了下來，這個也有依證據——曹金玉穿著睡衣，卻沒有穿鞋，這符合緊急情況下床的表現。曹金玉慌慌忙忙地光著腳下床，跑到臥室門口，看見楊風受傷，自然忍不住叫喊，這個時候另一名兇手就上前捂住她的嘴巴，扼住她的脖子——一般捂壓口部的目的都是防止喊叫。控制住她以後，拿刀的兇手已經刺了楊風六刀，於是過來刺了曹金玉一刀，然後兩個人迅速離開了現場。」

「你的現場重建，聽起來還真像那麼回事。」趙永說。

「當然，這只是猜測。」我說，「要確定有兩個兇手，還需要更確切的依據。」

車子裡又陷入了沉寂。司機緩緩地開著車，我和趙永咀嚼著剛剛討論的幾點分析，努力想要從中找出新的線索。

趙永率先打破了沉默，他說：「可是現場勘察採取了幾十處血跡，全是楊風和曹金玉的血，包括走道裡的滴落血跡都採取了好幾處，也沒有發現第三人的血跡啊。」

「我倒是有新的想法。」我沒直接回答他的問題，「我覺得兇手用的，可能是彈簧刀！」

「這個有點兒玄了吧？」趙永說，「作為法醫，我們只能說是刃寬三公分左右，長十公分以上的單刃刀具，不能肯定地說是哪一種刀具啊！」

「我是有依據的！」我說，「首先，兇手攜帶的刀具應該是易於隱藏的，對吧？不然楊風就不可能讓他進入客廳了。所以兇手敲門的時候，刀應該是藏著的。大夏天的，衣服上的口袋也不多，既然能把那麼長的刀藏住，說明刀必須是可以折疊的。不能折疊的刀，放到口袋裡，豈不是會傷到自己？」

趙永點點頭。

我接著說：「第二，這把刀從折疊狀態變成伸直狀態必須要快。楊風的手臂上沒有抵抗傷，可見被攻擊的時候是出其不意的，兇手掏刀、把刀刃伸直必須要在楊風來不及反應的情況下完成，一般的折疊水果刀是很難完成的。」

我喝了口水，接著說：「第三，不知道你注意到沒有，楊風身上的六處創口，方向都是上銳下鈍。也就是說兇手拿刀的時候，刀刃是朝上的，即刀刃是朝虎口部位的，這不符合一般人的拿刀習慣。一般人拿刀，刀刃是朝下的。如果是彈簧刀，按了按鈕，刀刃從刀柄裡彈出來，必須是從拇指和四指之間彈出，這樣握刀，刀刃就是朝上的。」

「有道理！」趙永說，「被你這麼一說，我也認為是彈簧刀的可能性很大。剛才我問的那個問題，你怎麼看？」

「別急，我接下來就說這個。」我說，「既然是刀刃朝向虎口，兇手又有可能受傷，那麼他受傷的部位應該就是虎口。虎口位置血管密集，一旦受傷，必定有較多的出血量，所以兇手的血肯定會遺留在現場。」

「可是，現場確實沒有找到兇手的血啊。」趙永說。

「我早就說過，所採取的血遠遠不夠，只是在現場那麼多血跡裡要發現相對少得多的兇手的血，無異於大海撈針，很難。」我說，「我有個辦法！兇手殺完人肯定要逃離現場，現場外應該會有他的血跡吧。」

「有道理。」趙永說，「周邊搜索以搜索物證為主，還真沒下工夫找細小的血跡。」

「今天天黑了，來不及了。」我說，「明天一早，我倆就去現場外找血跡。」

吃完飯就沒有什麼別的事了，我和趙永信步到公安局，找了一臺電腦，想看看目前調查的情況。如果明天能在案發現場外找到兇手的血跡，下一步就是將血跡的分析結果輸入系統，看看能不能連結上其他的案件，發現兇手的身分，那麼案件也就迎刃而解了。

想到這裡，我不由自主地又想起了林笑笑。她的死會不會也和別的案件有關聯？

我進入了案件檢索系統，在受害者姓名欄裡填上了「林笑笑」三個字，剛剛點下「確定」，意外的事情發生了，螢幕上竟然出現了三起其他案件。

「有關係的這麼多？」我忍不住自言自語道，心中充滿疑惑。

算上林笑笑被殺案，這四起案件在資料庫裡已經被命名為「雲泰連環姦屍案」。直接用地名來命名，可見當初這案子的確不小。案件的合併，一般都有確定的證據，但「雲泰案」的證據並不完整，所依據的只有犯案的手段和侵害對象的共同點：四起案件的受害人都是正在上中學或大學的女孩子，施暴的地點也都在公共廁所附近。所有受害人都是俯臥著，雙手被綑綁在背後，死於機械性窒息，都有被姦屍的跡象，卻找不到精斑。

四起案件中，兩起發生在雲泰市，一起發生在雲泰市所轄的雲縣，另一起發生在雲泰市鄰縣龍都縣。這個「雲泰案」看起來確實不簡單，發生了四起都沒有偵破，在命案必破的年代，確實是很少見的。這宗連環案件究竟是因為什麼才陷入了困境？

正在胡思亂想，趙永走了過來，問我：「今晚的專案會議，咱們參不參加？」

我說：「不參加了，睏了，回去睡覺吧，明天有了發現，再一起說。」

一夜無話。

第二天一早，我就和趙永來到了案發現場外的小院裡。

「這個小院子的東西兩邊都有門，東門門口有間雜貨店，當時也是這間店的老闆發現楊風衝出來倒在地上的，可以推測兇手應該不是朝東走的。」這個問題我昨晚已經想得很成熟了，「那麼兇手肯定是從院子的西門離開的，我們就沿著他逃離的路線找吧。」

有了方向，事情就好辦多了。我們動用了先進的尋找血跡的儀器，不出半個小時，就聽見趙永大喊：「看，找到了！」

4

在兇手離開的路線上，我們找到了七、八滴連續滴落的血跡，非常新鮮，但是離案發現場有點遠。

「為什麼這血跡離現場這麼遠？」趙永問。

「我覺得……」我沉吟道，「可能是兇手離開的時候，捂住了自己的傷口，走到這裡的時候，捂住傷口的手鬆開了，所以傷口繼續往下滴血。不要滿足，要繼續找。」

果然，用同樣的辦法，我們在楊風家的走道裡也發現了幾小滴血跡，這幾滴血跡在楊風留下的大片血跡旁，雖然不起眼，但還是被我們發現了。

「這個也很可疑。」我說，「採取起來，趕緊做ＤＮＡ鑑定。」

ＤＮＡ鑑定很快開始進行，與此同時，我和趙永仍堅持不懈地尋找可疑的血跡。夏季的烈日很快烤得我們汗如雨下，但我們一刻也沒停，一直找到下午時分，只可惜再沒有其他可疑的血跡了。

但是之前找到的這幾滴血的ＤＮＡ鑑定結果一出來，還是讓我們非常興奮。這幾滴血不屬於任何一位死者，而是屬於一個陌生的男性。

「永哥，走！」我眉飛色舞地喊道，「我們馬上去專案小組！」

在專案會議上，我把之前通過現場勘察、屍體檢驗得出的幾點推斷逐一闡述，並且說明了理由。我信心滿滿地說完了全部的依據，並沒有迎來想像中應有的雷動般掌聲，反而是一片冷場。

專案小組成員一個個瞪著眼睛看著我，好像被我的推理給搞暈了，似乎有些異議，卻又不知道該如何反駁。這詭異的氣氛直到ＤＮＡ鑑定室的阮主任衝進了會議室才被打破。

阮主任眉飛色舞地說：「找到了！」

專案小組成員的注意力全部被阮主任吸引了過去。許劍松急忙問道：「身分確定嗎？」

這就是法醫的悲劇。法醫累死累活地幹一整天，絞盡腦汁地推斷，還不如ＤＮＡ鑑定室的一次檢驗。我經常說法醫是「我猜我猜我猜猜猜」，其他的刑事技術都是看到儀器出現什麼結果，就下什麼鑑定結論。只有法醫和鑑識兩個專業是要憑著經驗和主觀認知拚了命地推斷、推理、推測。猜對了還好，一旦猜錯了，名聲可能就此臭了。很多長官在意的是ＤＮＡ結果有沒有做出來，而對法醫辛辛苦苦在現場和屍體上採取ＤＮＡ檢材的過程並不感興趣。

阮主任很自豪地說：「身分明確，血是一個叫洪正的二十二歲男子的。該男子是本地人，長期在外工作，去年因為打架鬥毆被偵辦過，恰巧也採取過他的血液樣本。」

許劍松轉頭對我說：「秦科長，你的推斷可能錯了。」

「嗯？」我仍沉浸在那種不公平的情緒當中，被分隊長這樣一說，更是憤然，「我哪條推斷錯了？」

「你剛才說兇手可能是家長。」許劍松瞇著眼睛說，「現在看來，兇手才二十二歲，孩子不可能已經上六年級了吧？」偵查員中傳來一陣哄笑。

我臉一陣紅一陣白，但是依舊穩住情緒，堅持道：「我說過，我認為本案犯案人數應該是兩人，這個洪正只是其中一人，另一人不能排除是學生家長。」

許劍松呵呵一笑，並沒有接我的話，只是輕聲地對偵查員們說：「先去把洪正抓回來，就什麼都搞清楚了。」

我打斷了許劍松的話，「那……家長不查了？」

許劍松說：「查家長的那組人現在終止任務，先去抓洪正。把他抓回來，剩下的事都好辦。」

我沒有再辯駁，鬱悶地和散會的偵查員們一起走出了專案小組會議室。

一下午的時間，我都坐在市警局法醫室裡，反覆看著電腦上「雲泰案」的照片，照片亂糟糟地塞在腦子裡，理不出任何頭緒。僅憑這幾組照片實在沒有什麼好的線索去破案，更沒法去推測出犯罪嫌疑人，可能這也是該連環案件至今沒有破獲的原因吧！

次日凌晨，旅館的電話響起，是趙永打來告知我洪正已經到案的消息，洪正右手虎口處確實有傷。現在偵查部門正在對他連夜審訊。我朦朧著雙眼，「哦」了一聲，就掛斷了電話繼續睡覺。

因為忘記設定鬧鐘，一覺醒來居然已經上午十點了，我急忙洗漱完畢趕去了市警局法醫室。

「你是不是早上打電話給我說洪正抓到了？」我不敢確定凌晨接到的電話是真事還是夢境，於是問了趙永一句。

趙永笑著說：「年輕真好，隨隨便便就能睡得好覺！是啊，抓到了，不過，到現在一個字也不交代。」

「不交代就行了嗎？」我說，「我們有證據！」

話還沒有說完，我的表情就僵硬了。我仔細地想了想，說：「永哥，不對，我們沒證據。」

「怎麼說？」趙永一臉驚愕，「走道裡和逃離路線上都有他的血啊！」

我搖了搖頭，說：「所謂的證據，要有排他性，必須能定死是他殺了人，而不是他到過現場附近而已。」

趙永說：「你是說我們現在能證明他到過案發現場的走道，但是不能證實他殺了人，是嗎？」

「是的。」我沮喪地說，「如果是案發現場房間內採取到他的血，或者在走道採取到他和死者的混合血，都可以指控是他殺了死者。但是現在只在案發現場外走道採取到他一個人的血，就不能確定他殺了人。律師可以說是他到過現場，恰巧鼻子流血了。」

「那不是強詞奪理嗎？」趙永說，「怎麼會有這麼巧的事情？調查顯示洪正和死者沒有任何來往關係，他不可能跑到離自家那麼遠的案發現場，還恰巧在現場裡流了鼻血！最關鍵的是，洪正的右手虎口確實有一處新鮮的刀傷，和我們的推斷完全相符，這還能賴得掉嗎？」

我聳聳肩膀，說：「律師可以說洪正既然和死者沒有來往，為什麼要殺他呢？」

趙永愣了半天，問道：「那怎麼辦？」

「重建現場！」我斬釘截鐵地說道。

很快的我和趙永回到了案發現場，開始模擬兇手和被害人當晚的互動過程。我讓趙永站在沙發和牆壁的夾角處，我站在他的對面，模擬拿著刀刺他。

我說：「你看，我用這種姿勢拿刀刺你，導致自己的虎口受傷，受傷後我又繼續拿刀刺你，這時候我手上流出的血跡應該……」

我在自己虎口處滴了幾滴水，然後繼續揮動手臂模擬刺人的姿勢。手上的水滴因為慣性作用被甩落在地面上。

我指著地上的水滴，說：「好了，把水滴周圍的血跡都採取一份。我之前說過，兇手虎口受傷，那裡血管多，肯定有不少出血，這些血之所以沒有被採取到，是因為現場的血跡太多了，想採取到相對少得多的兇手的血就比較困難。但用這種辦法，我就不信找不到他的血。」

「好辦法啊！」趙永說，「這可比大海撈針準確率高多了。」

我們一共採取了十六份血跡，急送ＤＮＡ鑑定室，然後回到專案小組靜靜地等待。

時間緩緩地流逝著，我的心裡七上八下，究竟能不能一招制敵呢？

忐忑的心情很快被化解了，因為DNA鑑定室傳來消息，真的在這十六份血跡中檢測出了洪正的血。

「好！」分隊長許劍松拍桌子喊道，「這次不怕他不俯首認罪了。我要給DNA鑑定室記功！」

雖然分隊長把功勞給了DNA鑑定室，但是我和趙永並不感到委屈，因為我們追求的並不是那些虛名，我們追求的是那種無法抑制的成就感。我默默地回到了旅館，睡起了大覺，相信明天一早就會傳來洪正認罪的喜訊。

果然，鐵證如山，洪正只能低頭認了罪，他承認自己持刀殺害了楊風夫婦，卻一直說不清殺人的動機，而且堅持兇手只有他一個人。

許劍松不得已又把我請到了專案小組會議室商討解決的辦法。

我問：「洪正當晚穿什麼衣服？」

「黑色T恤。」偵查員說。

「那我們現在就要去找那個穿白色衣服的人。」我信心十足地說，「洪正交代不清楚殺人的動機，是因為他根本就沒有動機。有動機的人，是他現在正在極力掩護的人。」

「看來你判斷兩人犯案的可能性真的很大啊！」許劍松對我又恭敬有加了。

「那麼接下來，我們繼續從家長開始查起。」我說。

「主要分兩組。」我說，「第一組，查洪正和楊風班上的哪名家長有過來往。第二組，找楊風班上的小學生談話，記得找那些比較聰明伶俐的孩子談，注意，談話的時候要有老師或者家長在場。另外我有個請求，如果第二組同仁有任何發現的話，請即時告訴我，我想參與談話。」

許劍松點頭認可了我的安排，兩組偵查員迅速展開工作。

我一直認為第一組會很快查出問題，但是事與願違。經過半天的工作，第一組偵查員回報的資訊並不多。原來洪正已經有一年多沒有回汀棠了，他在案發當天才剛從外地歸來。而且他從來都不用手機，連通話紀錄都沒有。

「那就繼續查啊！這幾十個孩子的家長，有沒有誰去過洪正在外地工作的地點？有沒有誰一年前和洪正有過來往？」許劍松在電話裡發起了火。

「這需要時間啊！」偵查員在電話那頭委屈地說道。

「分隊長別急。」我說，「說不定第二組能有什麼消息回傳過來呢！」

我的話音剛落，許劍松的電話再次響起，第二組真的發現了情況。

當我趕到紅旗小學教學大樓的時候，一眼就看見了一個十二三歲的小女孩，她怯怯地靠在母親的懷抱裡，正在和一名女警談話。我默默地走過去旁聽。

「妳說，小青是妳的好朋友對嗎？」女警問道。

小女孩點了點頭。

「那如果小青被欺負，你是不是應該告訴阿姨呢？」

女警溫柔地勸說著，小女孩欲言又止，沉思了一下，問道：「那楊老師會不會知道是我說的？」

看來這個小女孩還不知道她們的老師已經永遠都不會知道她們說些什麼了。

女警說：「阿姨向妳保證，今天我們的談話只有妳媽媽、妳、我和我身後的這位叔叔知道，好不好？」

我暗暗鄙視了一下這位長得非常漂亮的女警，因為她的這個保證肯定是個謊言。「漂亮女人的話真是不能信啊！」我心裡這樣想著，暗自竊笑。

可是小女孩看了我一眼後，說：「那也不讓這位叔叔知道，行不行？叔叔在這裡，我不好意思說。」

我隱隱約約覺得我可能猜到了真相，於是知趣地躲到了門外，從光明正大的旁聽轉為竊聽。

「事情……是這樣的。」小女孩吞吞吐吐地開始了她的敘述，「前兩天下午自習，小青被楊老師叫去辦公室，過了一節課，小青才回來。她坐到我旁邊的時候，我就覺得她不太對勁，她全身不停發抖，臉色蒼白。我問她是不是生病了，她只是搖頭，偷偷地哭。我不知道怎麼回事，就把她拉到教室外我們經常談心的地方。然後，她就告訴了……告訴了我一個祕密。」

「嗯，妳別怕，慢慢說。」美女警察說道。

「她趴在我身上哭了好久，才告訴我，其實楊老師已經欺負她很多次了……」

「我操，猥褻未成年少女？」每次聽見強姦案都會急火攻心的我，在門外握緊拳頭暗自罵了一句，「披著老師皮的禽獸！」

「欺負是什麼意思呢？」女警還在往下問，我都覺得有點尷尬了，大概知道意思不就得了？

小女孩沉默了一會兒，才說：「她說……她說……她說楊老師把手伸進她的裙子裡，摳她下面……」

門口的我，沉默地捏緊了拳頭。

女警乾咳了一聲，說：「那後來妳怎麼和她說的？」

「我叫她告訴她的爸爸，讓她爸爸來打這個壞蛋。」這小女孩懂得自我保護。

「妳見過她爸爸嗎？妳怎麼知道她爸爸能打得過楊老師？」女警的這個問題問得非常有水準，一是探一探楊風有沒有可能認識小青的父親，二是打聽一下小青父親的來路。

「沒見過，小青媽媽死了，她爸爸好忙，每次家長會都是她爸爸店裡的阿姨來的。小青真是可憐。」小女孩帶著哭腔說道，「不過，小青和我說過，她爸爸以前是武警，打架特別厲害。」

我朝著女警招了招手，示意她停止談話。我們現在掌握的線索已經足夠，無須再給這個無辜的孩子帶來心理負擔。

女警安慰了她幾句，轉身離開，和我一起趕往市警局。

「動機真的查出來了。」許劍松非常高興，「馬上把這個吳伍（小青的父親）請回來問問情況，同時查他和洪正的關係。」

「許分隊長，我想要張搜查令。」我說，「既然我們都猜到了他可能是兇手之一，他當晚可能穿著白色T恤，為什麼不去找找看他這件白色T恤上有什麼證據呢？」

拿著搜查令的我，邊走邊聽偵查員介紹小青家的情況。小青是單親家庭，父親吳伍是武警退役，現在自己經營一家小店。小青的母親在數年前就因車禍身亡，小青一直和父親相依為命，吳伍也把女兒當成了自己生命的全部。專案小組已經先行請吳伍店裡的一名女店員藉口把小青帶離家裡，怕她看見自己父親被抓走的情景。

我看著員警把表情非常從容的吳伍帶上了警車，然後和趙永走進了吳伍家裡。搜查工作並不困難，我們很快就找到了一件帶有幾個點狀褐色印跡的白色T恤，依照我的經驗，這褐色的印跡就是沒有洗乾淨的血跡。

幾個小時之後，白色T恤的檢測結果出來了，正是洪正和女死者的血跡。

吳伍被帶到警局後，沒有做任何辯白，直接坦承了全部案情。

原來，七年前，吳伍和他的妻子乘坐巴士回丈母娘家，和他們並排坐著的是一名十幾歲離家出走的小男孩。巴士在行駛過程中突然翻覆，車上的乘客大都受了傷，現場亂成一團。吳伍的妻子由於坐在窗邊，被碎裂的玻璃割破了頸動脈，當場就去世了。而坐在另一邊的小男孩，則因為頸部受壓嚴重而窒息昏迷。吳伍救不回自己的妻子，強忍悲痛，用自己在部隊裡學過的心肺復甦術，對小男孩施行急救，最後終於救醒了這個小男孩。

這個小男孩就是洪正。

七年後，洪正返鄉的時候，偶遇吳伍，一眼就認出了他。聊起當年的事情，吳伍不禁老淚縱橫。兩人也算是經歷生死的忘年之交了，聊了半天意猶未盡，洪正便買了酒到吳伍家中暢飲。酒過三巡，小青放學回家，向父親哭訴了楊風猥褻她的經過。吳伍當時差點氣暈了過去，洪正也是義憤填膺，借著酒意，兩人決定去討個說法。吳伍考慮到楊風不認識他，可能會給他吃閉門羹，就帶上兩瓶五糧液，打算以送禮為藉口，先進門再說。

到了楊風家，吳伍謊稱是小青好朋友的家長，騙楊風帶他進了客廳。當吳伍告知楊風自己的真實身分後，楊風大驚，一時手足無措，躲到沙發和牆壁的夾角處。而此時，洪正早已利刃在手，於是衝上去就猛刺。

吳伍本是來找楊風理論的，如果楊風不認帳就準備打他一頓，沒想到洪正居然上來就動刀。這個同樣有著坎坷經歷的小伙子，居然用這種辦法來報答自己的恩人，殊不知正害了他的恩人。

吳伍被洪正動刀的舉動驚呆了，而此時楊風的妻子聽見動靜下床查看，看見楊風滿身是血，就尖叫起來。吳伍心裡害怕，趕緊衝過去捂住她的嘴。此時楊風已經失去抵抗能力，洪正見吳伍正在和一個女人搏鬥，就跑了過來也給了這女人一刀，接著拉著吳伍的衣服，兩人一起離開了現場。

「真的被你說中了。」聽完吳伍的自白，趙永說，「楊風其實很清楚另一人就是小青的父親。但是他心存僥倖，認為自己能活下來。他若是能活著，就不能把這種醜事抖出去，不能壞了他全市優秀教師的榮譽。他要誤導警察破不了案，即使自己吃了啞巴虧，也總比一輩子背個衣冠禽獸的名聲強。但是當他感覺自己快死的時候，他一定後悔自己說了謊，所以才會說出什麼黑衣服、白衣服的話。可惜那時候他即使想說出實情，也已經力不從心了，他是帶著遺憾死去的。」

雖然破了案，但是我的心情仍是無比鬱悶，我沒有說話。

趙永接著說：「別鬱悶了，我知道你想什麼，我都迷惘了，到底誰才是好人，誰才是壞人呢？」

「黑與白，一紙之隔，一念之差而已。」我轉頭對許劍松說，「就是可憐了那個小青，希望相關單位能想一個好的辦法照顧她，別讓她誤入歧途，要讓她好好成長，等著她爸爸出獄。還有，要讓她知道，她爸爸雖然犯了罪，但並不是壞人。」

第3案

焚骨餘燼

我們行至橋邊，徑直跨過，又轉身燒毀，燒掉了前行的證據，只留下記憶中的滾滾濃煙以及也許曾經溼潤的雙眼。

——湯姆．斯托帕德（Tom Stoppard）

1

省廳的法醫難免要參加一些行政會議，雖然我知道這些會議很重要，但是開會畢竟沒有破案來得有成就感，所以我對開會實在是興趣缺缺。當然，除非是去雲泰。

自從接觸林笑笑的案件之後，「雲泰案」就成了我的心結。光是在資料庫查閱資料似乎已經沒有什麼新的線索可以挖掘了，最好的辦法就是直接去雲泰市再找找新線索。

於是我就出現在了雲泰市公安機關的法醫工作會議上。

斷斷續續念完稿子，我擦了擦額頭上的汗，便開始琢磨著需要去問些什麼問題、翻閱些什麼材料。雖然我知道僅憑這些就想破獲一起多年的懸案不啻是異想天開，但還是暗自抱持著希望。

晚飯後，我借用了分隊長黃石永的辦公室，讓刑警分隊內勤人員搬來了「雲泰案」的檔案，埋頭在檔案堆裡開始了研究。

案件資料的確不少，十餘本厚厚的資料冊堆滿了辦公桌，我細細地翻閱著問案的筆錄、現場勘察的紀錄、驗屍紀錄和照片，期待能有所發現。三具屍體的照片清晰地擺在我面前，都是十幾歲的女孩，都是夜間獨自去公共廁所時遇害的，年輕的臉上寫滿了惶恐與不甘。兇手的目的很明顯，就是姦屍！但案件很蹊蹺，沒有目擊證人，沒有任何證據，所以根本就無法找出犯罪嫌疑人。從紀錄上看，三起案件分別鎖定了數十名犯罪嫌疑人，但都因為沒有具體犯案動機或者有不在場證明而一一被排除。檔案裡還夾著幾頁新的調查紀錄。可見案件雖經過了不少年，仍有幾名警員還在鍥而不捨地繼續調查。

翻完了資料，依然沒有找到什麼新的線索，我翻來覆去地看著三起案件的現場照片，希望能將它們深深印在腦海裡，說不定哪天靈光一現就能想到點什麼。最讓我費解的是，三起案件中死者的陰道擦拭物經過精斑檢測有微弱的陽性反應，DNA卻無法檢測出屬於任何人的基因型[1]。

「下次找個DNA檢驗專家問一問吧，是不是檢驗過程出現了什麼偏差？」我自言自語道。

「十一點多了，還沒回去？」黃石永分隊長這時候推門走了進來。

我搖了搖頭，眨了眨通紅的眼睛，伸了個懶腰，說道：「師兄怎麼這麼晚還來？」

「剛才在與會的公安部二所法醫專家的房間和他聊了聊。」黃石永一邊拿起紙杯，一邊說，「怎麼不自己泡點茶喝？我今天真是受益匪淺，專家就是專家，聽他一席話，勝讀十年書啊！」

我站起來說：「師兄別泡茶了，我肚子餓了，你請我去吃炒麵吧。」

黃石永做出一臉驚恐的表情，「上次就是去吃炒麵，吃出個碎屍案[2]來，你還去？」

「你還真迷信。」我笑著說，「如果真的那麼邪門，那這次吃麵的時候也會出個命案。」

「祖宗哎！」黃石永扔給我一根菸，「請你吃還不行嗎？積點口德吧。」

晚上十一點半，雲泰的街上已經沒什麼車了，就連平時人口密集度最高的徒步區也只有三三兩兩的情侶和巡邏警員經過。人行道的兩側，延伸出幾條平行的巷子，此時都已人眠燈滅，懸吊的路燈被晚風吹動，無奈地晃個不停，地面的燈光也隨之搖曳，竟然有幾分詭異感。

1 基因型又稱遺傳型，是某一生物個體全部基因組合的總稱。它反映生物體的遺傳構成，即從雙親獲得的全部基因的總和。通過DNA檢驗技術，可以分析個體基因型從而進行同一認定。

2 見《鬼手佛心》中「天外飛屍」一案。

「這幾條巷子，白天可是很繁華的，什麼都有賣。」黃石永說，「現在房價飛漲，我想這裡的店面每坪都要賣到三十萬了。」

我對房價沒什麼興趣，問：「我們來這裡幹嘛？搞得跟查案似的，這裡有吃飯的地方嗎？」

「烏鴉嘴，你就不能不說案子嗎？」黃石永指了指前方說，「前面那條巷子都是吃宵夜的店，想吃啥都有。」

果然，走了不到一百公尺，就到了另一個巷子口，裡面果真是燈火輝煌、人聲鼎沸，鹹酥雞、火鍋的香味夾雜著燒烤的煙塵撲鼻而來，我下意識地揉了揉鼻子。

「我改變主意了，我們吃蝦子吧。」

「真會坑人。」黃石永笑著說，「早知道這樣，就帶你回家讓你嫂子下廚就好了。蝦子現在好貴的！」

半個小時後，眼前的一鍋胡椒蝦就被我和黃石永「解剖」成了一堆蝦殼。我拿起飲料喝了一口，伸了個懶腰說：「這一覺絕對會睡得舒服。」

突然，尖銳的警報聲劃破了夜空，我循聲望去，看見一輛消防車從巷口呼嘯著駛過。

「著火了？」我警覺起來，「我們過去看看吧，看看能幫上什麼忙。」

「大吉大利。」黃石永說，「你少說兩句吧。」

起火現場就在我們剛才經過的一條巷子，我和黃石永快步跑了過去。

這條巷子比較寬敞，路面有十幾公尺寬，前後共有兩三百公尺長，路的兩側都是店面，銀行、超市、網咖、小吃店、服飾店應有盡有，可以看得出白天的繁華。

「看來這些店家的店主晚上都不住這兒啊，這麼大動靜都沒什麼人圍觀。」我見消防車旁邊只有十幾個人在圍觀，如此說道。

巷子正中的一間店面的鐵捲門下方正不斷往外冒著濃煙，消防人員忙忙碌碌地一邊接起高壓水管，一邊給鐵捲門降溫。突然，鐵捲門嘩的一聲掉落下來，原來屋內已經是一片火海。見到了屋內的情況，消防指揮官開始提高聲調，指揮人員迅速滅火，圍觀人數也慢慢多了起來。

「婉婷超市。」黃石永笑著說，「看起來是個年輕女孩開的。」

「我覺得現場有點奇怪。」我說，「你有沒有注意到，鐵捲門是沒有完全關上的，之所以能夠發現這裡起火，是因為有濃煙從鐵捲門下面冒出來。」

「我們來得晚了。」現場溫度很高，黃石永擦了擦額頭上的汗，「說不定是消防隊把門給撬開的。」

「可是鐵捲門沒有被撬的痕跡。」我一邊說，一邊想走近一些看看已經攤在地上的鐵捲門，可是被消防隊員伸手擋開了。

「這麼晚了，鐵捲門沒道理還開著。」黃石永說。

「是不是有小偷偷了東西以後放火？」我說。

「什麼小偷那麼狠？沒有必要吧。」黃石永說。

消防隊忙了半個多小時，大火終於被撲滅，好在報警早，火勢並沒有波及附近的店面。一名消防隊員走進現場勘察，沒想到他走進去不到一分鐘就慌慌張張地跑了出來，大喊道：「隊長，裡面有死人！」

本來有些睏意的我頓時清醒了，我轉頭看向黃石永，黃石永也正轉頭看我，喃喃說：「不會吧，真邪門了！」

站在消防車旁邊的一名小隊長已經拿了無線電出來請求刑警部門支援。黃石永出示了警官證，說：「我們是刑警分隊的，我要進去看看現場。」一旁維持秩序的派出所警員也過來說：「是的，他是我們的分隊長。」

「不行，先要排除可能的危險，其他人才能進去。」小隊長說，「可以把屍體先抬出來。」

我探頭看了看，超市裡面已是一片狼藉，貨架被高壓水槍沖得東倒西歪、滿地燒焦的貨物，還有地面上一灘一灘的積水。我深深吸了一口氣，說：「這個現場怕是很難有發現了，完全被破壞了。」

「好吧。」黃石永對消防小隊長說，「那麻煩你們拍下照片，記清楚屍體發現的位置。」

不一會兒，四名消防隊員用擔架抬出來一具黑乎乎的屍體。黃石永不忙著檢驗屍體，先和其他趕來的刑警開始詢問起報案者和消防隊員。

「我在網咖上網上到十二點，路過這裡的時候，發現這家超市的鐵捲門沒關好，冒出濃煙，從門下方的縫隙裡還可以看到隱約的火光，所以急忙打一一九。」報案者是一名看起來很老實的學生模樣的人。

「那就很可疑了。」我看著眼前這具已經被燒得面目全非的屍體，歪頭對黃石永說，「門是真的沒有完全關上。」

「會不會是因為天氣太熱？你看這店面沒有窗戶，要是關上了門，就會很悶熱啊。」黃石永站在超市門口往裡看去，指著店面的內牆說道。

「這間超市朝南，一共有三間店面，但是有兩組鐵捲門是一直鎖上的，只有西側的這面鐵捲門用來作為出入口。整間店面裡放的都是整齊排列的貨架，收銀檯在西側，最東側是店主自己臨時居住的空間，用布簾做區隔，現在布簾已經完全燒毀了，只有上方懸掛的軌道處還能看到一些殘片。裡面有個衣櫃，已經被水注給沖倒了。還有一張靠著牆的床。家具燒毀得很嚴重。屍體仰面躺在床旁，和床邊垂直，頭靠近床，腳遠離床。」小隊長報告現場實況。

「可以判斷出起火點和起火時間嗎？」黃石永問小隊長。

「起火點在臨時居住空間的南側，冷氣機插頭附近。」小隊長說，「我們初步覺得可能是冷氣機插頭短路引起的，所以使用了高壓點射的方式滅火。起火時間嘛，如果沒有化學助燃物，我們分析是在報案前半小時起火，才能在發現的時候形成那麼大的火勢。」

我從鐵捲門脫落的位置走進了現場，看了看掛在牆壁東面上的冷氣機，轉頭對黃石永說：「可以排除店主因為天氣熱故意不關門的可能，你看雖然冷氣機的電線都被燒毀了，但是它的導流板是開啟的，證明起火的時候冷氣是開著的，那就沒有必要虛掩鐵捲門。」

黃石永點頭贊許我的觀點，「那……你的意思是？」

「我看像是一起謀殺！」

2

「就憑關不關門判斷謀殺是不是武斷了些?」黃石永說,「如果是門鎖沒有鎖好,也可能會造成沒有完全關上的假象。」

我說:「我是覺得屍體的位置不對。如果死者發現起火時已經一氧化碳中毒無力逃脫的話,那麼她從床上墜落的姿勢應該是和床平行,不應該是和床垂直。」

我走到屍體旁邊蹲下來,一股屍體被燒熟的味道迅速湧進了我的鼻孔,我揉了揉鼻子,說:「另外,這個超市似乎很狹長、很深,如果是最東側的床邊起火蔓延到超市最西頭的話,東邊應該比西邊燒得更嚴重。但是我感覺整個超市燒得都很嚴重。」

「你的意思是說,可能有多個起火點?」黃石永說,「封閉現場!明天白天我讓隊裡鑑識採樣的專人來確認,那時候就知道有沒有助燃物、有幾個起火點了。」

「還要等到明天嗎?」我說。

「如果根據消防隊的推測,是電線起火,那就是意外,我們現在沒有辦法證明這是刑事案件,所以沒有權力強行解剖屍體,要等她出差在外的老公趕回來。」黃石永說。

「死者是什麼人?調查過死者的鄰居了嗎?」剛才我正粗略地查看現場,所以沒有聽見調查得來的死者基本資料。

「死者俞婉婷,女,三十歲,超市老闆。丈夫是驊庭保險公司業務員,叫劉偉,二十八歲。俞婉婷十多歲時父母雙亡，本地沒有親戚，她和劉偉結婚四年，在我市貴苑新村有一間房子，但他們沒有孩子。」負責周邊調查的警員介紹道，「剛才我們用電話和劉偉聯繫上了，他說一般俞婉婷不會在超市裡住，但是如果他出差的話，俞婉婷就會住在超市裡。今天上午劉偉去上海出差，所以俞婉婷才會住在超市裡。超市的冷氣機插座已經壞了好幾次，劉偉本人懷疑是電線短路引發的大火。他正趕回來，大概明早能夠到達雲泰。」

黃石永拍了拍我的肩膀，說：「你累了一天了，回去休息吧，現場封鎖了，屍體檢驗等明天劉偉趕回來再進行，周邊調查我會安排他們連夜展開的。」

「可是破命案哪有等天亮的？」我知道自己一著急，睡覺也睡不好。

「我們沒有充分證據證明這是一起兇殺命案。」黃石永說，「她又沒有其他親屬，還是等劉偉回來再說吧。養足精神才好幹活。」

急也沒有用，確實也累了。躺在旅館床上的我，腦子裡翻動著現場畫面，翻著翻著就睡著了。直到早晨七點，黃石永的電話把我喊醒：「起床吧，吃點兒東西，我們去殯儀館。」

到達殯儀館的時候，劉偉已經在解剖室的門口等著了。一眼看去，他又瘦又高，皮膚白皙，眉眼棱角分明，有點兒明星的感覺。我多看了一眼，卻瞥見他右臂外側有兩條淺淺的痕跡，用法醫的眼光看，應該是抓傷。

「可以描述一下你妻子的長相嗎？」我突然問道。

大概是一時沒預料到會被問這個問題，劉偉顯得有些緊張，「哦……她……她挺漂亮的，就是那種長頭髮、大眼睛、鼻子挺……」

「有照片嗎？」黃石永知道我的意思是要先確定死者就是俞婉婷。

「哦，對，有的有的。」劉偉拿出了皮夾，裡面有一張俞婉婷的大頭照。

照片中的女子確實是一個美女，黑色長髮，齊眉劉海，唇紅齒白，美麗而不失優雅。我注意到照片中的女子戴了一對非常精緻的鑽石耳環，又轉頭看了看解剖床上的屍體，耳朵上並沒有耳環。我搖了搖頭，暗自感嘆，一個美女就這樣成了一具可怕的屍體。

「我們需要到你家找一些俞婉婷的日常用品，採取ＤＮＡ和屍體的ＤＮＡ進行比對。」我說，「畢竟燒得面目全非，耳環又不相符，我們首先是要確證死者身分。」

「是她，就是她，燒成這樣我也認得的。」劉偉帶著哭腔說道。不知為什麼，在我看來，他哭得似乎有點虛假。

「那也需要科學的鑑證。」我一邊說，一邊穿上解剖裝備，開始屍表檢驗。

黃石永安排刑警拿了劉偉家的鑰匙去取俞婉婷的ＤＮＡ。

我已經做好了這是一起謀殺案的心理準備，所以看到一些不符合燒死的徵象時，並沒有過多的驚訝。我一邊檢查一邊說：「屍體全身重度炭化，全身呈鬥拳狀[3]，衣物、頭髮燒毀，瞼球結合膜可見點狀出血，鼻腔內經紗布擦拭未見灰燼。額部可見多處弧形創口，暫時無法判斷是否為生前損傷。」

我用力掰開已經形成屍僵的下頷關節，用光源照射死者的口腔，「口腔內壁未見明顯灰塵黏附，舌下未見明顯灰塵黏附。雙手燒毀，見不到指甲。」

黃石永搖了搖頭表示遺憾，他知道我的意思。夏天時候人們穿著較少，身體裸露部位多，如果死者和兇手發生打鬥，死者又留有指甲，就很容易抓傷兇手，也有可能留下能證明兇手是誰的證據。

3 人體遇到熱反應後，肌肉組織收縮，導致肢體攣縮，屍體會形成拳擊似的姿勢，故稱為鬥拳狀。

「目前看，這很有可能是一起謀殺案件。」我對坐在解剖室門外地上的劉偉說道，「我們現在要對屍體進行解剖檢驗。」

「不行！不行！」劉偉突然從地上彈射了起來，大聲喊道，「婉婷生前最愛漂亮，我不允許你們在她身上動刀！誰也不准動她！」

劉偉的過度反應嚇了我一跳，我壓著怒火說：「我們懷疑這是一起謀殺案件，為了讓她沉冤得雪，我們必須進行解剖。我答應你，解剖完我們會縫合得很整齊。」

「你們這是要搶屍體嗎？」劉偉說，「網路上常說你們員警會搶屍體，原來是真的，她是我的，我不許你們對她動刀！」

「根據《刑事訴訟法》規定，我們懷疑這是一起刑事案件，且死者死因不明，公安機關有權決定解剖。」黃石永很嚴肅地說，「希望你配合。」

劉偉一直哭喊，黃石永示意身邊的員警把他拉到了門外，劉偉還在喊著：「不准動她！你們都是土匪，員警都是土匪！」

我和黃石永對視了一眼，都覺得這個劉偉十分可疑。黃石永示意手下的高姓法醫穿上解剖服和我一起開始解剖工作，同時囑咐身邊的刑警看好劉偉。

死者的皮膚及皮下組織都已經炭化，解剖刀切上去的時候發出清脆的咯咯聲。逐層分離完屍體的頸部皮膚和肌肉，真相就露出了水面：死者頸部兩側肌肉都有明顯的出血痕跡，舌骨、甲狀軟骨都有嚴重的骨折、出血跡象。

「窒息跡象非常明顯，頸部損傷也很嚴重，雖然看不到頸部皮膚損傷情況。」我說，「但是同樣可以斷定，死者是被一個力氣很大的人用雙手掐住脖子，導致窒息死亡。」

「雙手掐住了脖子，沒有辦法約束死者雙手，那麼兇手很有可能會被抓傷。」黃石永在一旁補充道。

「就是頭部的損傷非常奇怪……」我切開死者的頭皮，前後翻開。頭皮已經被燒焦，用力稍大都會破損。頭皮的額部有七、八處弧形的小創口，對應的皮下有連接成大片狀的皮下出血。沒有傷及顱骨的骨膜，更沒有顱骨骨折或者顱內損傷。

「這些小傷口都非常輕微，不是致死的原因。」我說，「但是生理反應非常明顯，顯然是在掐死之前形成的。」

「弧是朝上的，圓弧在下，兩角朝上彎，弧度還不小，如果是圓形的一部分，那麼這個行兇工具就應該是直徑五公分左右的圓形器物。這會是什麼呢？」黃石永說，「頭皮下出血這麼多，創口裡有組織間橋，肯定是鈍器形成的。」

「我擔心的不是工具。」我說，「創口這麼密集，應該是死者處於一個固定位置而形成的。那麼就有兩個問題出現了，第一，兇手既然要殺死她，為什麼還要在她頭上砸出這麼多小傷？第二，死者為什麼會不動彈掙扎，卻保持固定姿勢讓兇手砸？」

「兇手可能是心理有問題。」黃石永說，「死者也有可能是在中毒、昏迷的情況下被打擊頭部的。」

「顱腦沒有損傷，如果是昏迷，只有可能是用藥物了。」我說，「取心血做毒物化驗吧。」

「調查清楚死者是什麼時候吃晚飯的嗎？」我一邊用手術刀切開屍體的胃、十二指腸和小腸，一邊說，「燒死的屍體沒法用溫度來判斷死亡時間，想準確判斷，只有看胃腸內容物的消化情況了。」

「這個沒問題。」黃石永說，「經調查，死者下午六點去巷子口的小吃店吃了晚飯。」

「根據消化情況……」我用手術刀撥弄著那些黃油油的食物，抬手擦了擦鼻子說，「胃內還有不少食糜狀物質，我判斷死者是末次進餐後五小時內死亡的。」

「消防隊說十一點半起火的。」黃石永說，「你判斷十一點之前死亡，這就有至少半個小時的時間差。那麼，兇手殺害了死者後，半小時才放火，這中間他在做些什麼呢？」

「你們看，這是什麼？」在一旁觀察死者頭面部的高法醫突然一句話把我和黃石永從思考中拉了回來。

我和黃石永湊過頭去看，原來高法醫在死者的鼻孔裡夾出了一根藍色的人造纖維。

黃石永接過纖維，放在解剖室的顯微鏡下觀察，「這是防水布的人造纖維，很多衣服都是用這樣的材料製成的。」

「看來，這樣的纖維還不少啊。」我仔細用刀片刮著死者臉上的煙灰炭末，果真在刮下來的漆黑物質中，發現了一些藍色的防水布片，最大的一塊兒約有幾平方釐米。

高法醫還在死者耳部附近用止血鉗鉗下來一塊和皮膚粘連在一起的白色布片，布片的邊緣也可以看到藍色的人造纖維，布片上面印著M開頭的一排英文，字跡無法辨認。

我接著說：「可以斷定，當時燃燒的時候，有一件藍色的衣服覆蓋在死者的面部。這個白色的布片是衣服的商標。」

「這能說明什麼呢？」高法醫問道。

「心理學家有過一項研究。」我說，「如果一個人殺死了自己比較尊重、敬畏的人，會害怕看見死者的臉。有些人會用一些物體遮蓋住死者的臉，減輕自己的心理壓力。」

「你是說，熟人犯案？」黃石永說完，轉頭看向窗外蹲在地上的劉偉。

「調查情況顯示，俞婉婷為人小氣，沒有什麼非常要好的朋友，沒有與誰有什麼明顯的衝突，沒有不正當男女關係。」偵查員在一旁說，「如果判斷是熟人犯案，那麼她丈夫具有重大犯案嫌疑。」

「可是劉偉說他昨天上午就出差去了上海。」高法醫說。

「他可以故意這樣說，偽造不在場證據。」黃石永說，「我還看見了他手臂上有抓傷的痕跡。」

我點了點頭，低聲說：「我也看見了，剛才我們推測死者可能抓傷了兇手，只是因為死者的指甲被燒毀，所以不能確證。我想，世界上沒有這麼巧的事情吧？」

「是啊。」黃石永說，「剛才他還那麼激烈地阻礙屍體解剖。」

我脫下解剖服，走到劉偉旁邊，說：「你下了火車就直接趕到這裡來了對吧？麻煩你把火車票給我看看。」

劉偉一臉驚恐，「啊？什麼？哦，火車票，火車票，我……我……火車票出站的時候被剪票口的人收走了。」

「那去上海的火車票呢？」我問。

「也……也被收走了。」

「原來你們出公差的差旅費報銷是不需要票據的？」我盯著劉偉，看著他閃爍的眼神，逼問道，「還是出公差要私人自費？」

劉偉的臉頓時紅一陣白一陣。
黃石永說：「如果這樣，那就對不起了，麻煩你跟我們回去協助調查吧。」
兩名偵查員架著垂頭喪氣的劉偉乘車離開了。
「這起案件，不會就因為死者臉上的那個布片就破案了吧？」我說，「我總感覺沒那麼簡單。」
「哎喲，祖宗！」黃石永說，「簡單點不好嗎？你可別烏鴉嘴了。」
我低頭笑了笑，說：「還有好多檢驗沒有結果，利用這個時間，我們去現場看看吧。這麼久了，現場應該處理得差不多了，可以進去看看。」
事發現場依然一片狼藉。除了沒法燃燒的物品以外，其他的家具、貨物幾乎都已燃燒殆盡。超市東面隔開的臨時休息室裡也是如此，一個大衣櫃被高壓水槍沖倒在地上，一塊光禿禿的床板橫在那裡，都被燻得漆黑。
我和黃石永簡單巡視了超市，超市地面盡是積水，我們穿著膠鞋從東倒西歪的貨架上跨過來跨過去，沒有發現什麼有用的線索，想必有用的線索不是被一把大火燒得乾乾淨淨，也被高壓水槍沖得乾乾淨淨了。
我走到床旁，戴上手套掀起了床板。突然，我看見床板的側面和下面有一些呈點狀的深色區域，和附著的煙灰炭末顏色並不一樣。我打開勘察箱，取出聯苯胺試劑，對這些區域進行血液測試，得出的結果是陽性。
「師兄你看！」我說，「床板側面和底側都有血，這樣看，應該是噴濺狀血跡。」
黃石永走過來拿出放大鏡看了看床板的血跡，說：「嗯，從形態上看，可以確定是噴濺狀血跡，方向是從外側向內側。」

我說：「屍體是頭朝床躺在地上的，頭部又有創口，那麼形成創口的時候，血跡確實是沿這個方向噴濺的。」

黃石永說：「我知道你的意思，屍體躺的位置就是殺人的原始現場。」

我點了點頭。

黃石永補充道：「既然這裡是殺人的現場，死者又沒有約束傷，說明兇手是可以和平地從最西側的入口進來超市，再走到最東頭的床邊。」

「大半夜的……」我說，「一個單身美少婦會讓什麼人進到自己的超市裡呢？她一點兒警覺性都沒有嗎？」

「除非是熟人！」黃石永說，「剛剛藉由死者面上的布屑推斷熟人犯案我還有些存疑，現在勘察了現場情況，幾乎可以肯定就是熟人犯案了。看來抓她老公沒抓錯。」

我站在現場閉著眼，試圖把現場的情況再還原一遍，總覺得損傷的問題有些不能解釋。於是我搖了搖頭，說：「先回去吧，一邊等檢驗結果，一邊去看看對劉偉的審訊。」

我們在監控室看著審訊室內的劉偉垂著腦袋，一副無精打采的模樣。

「招了沒？」黃石永問。

偵查員搖了搖頭，說：「他反覆強調他沒有殺人，但是對於昨晚的行蹤，他隻字不提。」

「去火車站調一下監視影帶，看他到底有沒有去上海！」黃石永說。

偵查員面露難色，「這……火車站那麼多人，有些難度啊！」

「不用。」我說，「去查一下旅館登記，我突然覺得他不像是兇手，他之所以不提昨晚的行蹤，可能有其他原因。」

黃石永驚愕地看著我，愣了一會兒，轉頭對偵查員說：「去辦吧。」

黃石永看著偵查員離開監控室，對我說：「你這樣說是不是武斷了些？如果因為你的直覺改變了偵查方向，可不是小事。」

我搖了搖頭，說：「不僅是直覺，我覺得死者的傷口有些奇怪。」

「你是說她額頭上那些密集的小創口？」

「是的。」我說，「如果不是用藥迷暈死者，在死者清醒狀態下同時形成額部創口和頸部損傷，除非這件事不是一個人做的。如果是劉偉想殺她，不需要找個幫手那麼麻煩。」

「時間不早了。」黃石永說，「各項核對總和調查的結果夜裡才能出來，你先休息吧。」

躺在旅館的床上，現場的情景在腦海中一幕幕呈現。突然，被水槍沖倒的大衣櫃的樣子閃入我的腦海裡。

「不對啊，衣服、被褥怎麼會在大衣櫃下？」我自言自語道。我彷彿想起白天現場勘察的時候，發現大衣櫃的下方好像壓著衣服和被褥。總覺得好像有些不對頭的地方，可是不對頭的地方在哪兒呢？

想著想著，我就睡著了。

因為有心事，所以我起了個大早。專案小組正在會議室彙報昨天一天的工作情況。

「經比對俞婉婷平時所用牙刷上的ＤＮＡ和死者的ＤＮＡ吻合，確認死者是俞婉婷。經過對俞婉婷的心血進行毒物化驗，可以排除俞婉婷生前有中毒致死或致暈的可能。檢驗現場多處採取的灰燼，可以判斷現場有多處起火點，但是沒有助燃溶劑。也就是說，兇手殺人後，在超市裡多處可以燃燒的貨物上點火，導致大火。」雲泰市公安局刑事科學技術研究所所長彙報道。

「可是在多處點火，也不需要半個多小時的時間啊！」我說，「我們法醫判斷，死者死後至少半小時以上，現場才發生大火。」

「兇手在做什麼呢？」黃石永說。

「另外……」我說，「如果排除了死者有中毒致暈的可能，而且法醫所檢驗的死者頭部損傷也推測不至於致暈。那麼，死者為什麼會在清醒狀態下，保持一個固定不動的姿勢，讓兇手來敲擊她的頭部？還有，兇手是如何一邊掐壓死者的脖子，一邊用鈍器打擊死者的頭部？」

「騎在她身上，一邊掐脖子，一邊打。」有偵查員起身示範。

「不可能。」我說，「我們知道，手指接觸頸部，只會留下小片狀出血，手掌接觸才會留下大片狀出血。經法醫檢驗，死者頸部兩側的肌肉都可見大片狀出血，說明是有兩隻手掌同時掐住死者的頸部兩側，壓閉氣管和頸動靜脈，導致窒息死亡。這個時候，兇手沒有其他多餘的手去打擊死者頭部。」

「為什麼可以肯定是同時形成兩種損傷呢？」

「因為兩種損傷都有明顯的生理反應，額部的損傷也只有死者頸部被壓住，頭部位置相對固定的時候才能形成。」我說。

這時候，負責對劉偉進行審訊調查的警員推門進來，說：「排除劉偉的嫌疑了。」

3

「查到什麼了？」黃石永早有心理準備。

「案發當天劉偉確實沒有離開雲泰。」偵查員說，「經查詢旅館入住登記，我們發現劉偉當天上午在一家旅館裡開了一間房。我們進一步調閱了該旅館的監視器影像，劉偉是上午十點入住，第二天早上七點離開的。」

「也就是說案發時候他並沒有離開房間，直到第二天早上才離開而直接去殯儀館的，是嗎？」我問。

「是的。」偵查員說，「確定他有不在場證明。」

「看來我們抓錯人了。」黃石永說。

「沒有抓錯人。」偵查員喜上眉梢地說，「和劉偉一同入住的還有一名女子，通過面部比對，確定是一名外號瑩姐的女子，這個瑩姐涉嫌多起集團販毒案。目前可以肯定劉偉和這樁販毒案有關係，我們已經經由劉偉取得了瑩姐的線索，現在派人去抓了。」

「可是劉偉手臂有抓傷啊。」我說。

「這個我們也問了。」偵查員說，「劉偉和這個瑩姐有一腿，抓傷是在親熱的時候被瑩姐抓的。」

「看來這個劉偉是真的不想我們對他老婆動刀，也怪不得他對那天晚上的事情隻字不提，一是犯法，二是對不起他老婆。」黃石永說，「也好，順帶破了一起販毒案件。不過，這樁命案，我們應該從何處下手呢？」

我喝了口水，說：「再去現場看看吧。」

重新回到了案發現場，我彷彿比上次勘察有了更多的信心。想起在旅館思考的問題，我徑直走到了大衣櫃的旁邊。我沒有記錯，大衣櫃的下方確實壓著一些衣物和被褥。

我叫來兩個偵查員，合力把大衣櫃扶起，大衣櫃下方散亂地堆著衣物和被褥，露出大衣櫃壓痕以外的部分都被燒毀了。我拉開大衣櫃的門，兩扇門是靠強力磁鐵關合的，門沒有上鎖。

衣櫃裡面還掛著幾件大衣，沒有被大火燒毀。我戴上手套，伸手去檢查大衣的口袋和大衣櫃裡的其他雜物。檢查中，我發現了一個相框，拿出來看，裡面是一張俞婉婷和劉偉在冰天雪地中的合影。照片上的俞婉婷身穿一件藍色的羽絨衣，蜷縮在劉偉的懷抱中，笑容燦爛。

「拿這張圖片進行影像處理，看看能不能看清衣服的牌子。」我把照片遞給身邊的黃石永。

大衣櫃的旁邊，放著一只不銹鋼製的茶杯，已經被燒得變了形。我走過去拿了起來，茶杯挺重的，底座是圓形的棱邊。我用聯苯胺測試了一下底座，出現了潛血反應[4]。

「這個茶杯底座直徑五公分，呈圓形棱邊凸起，和死者額部的細小創口剛好吻合。茶杯底座又有潛血反應，說明這個茶杯很可能就是兇器。」我說。

「可惜茶杯已經被燒過，黏附大量灰燼，大概沒希望從這上面採取到指紋了。」黃石永說。

「或許它對我們的下一步推理分析有一點用處。」我胸有成竹地掂量了一下手中的不銹鋼茶杯。

4 現場黏附的血跡量極少，肉眼無法觀察得到，但通過魯米諾、四甲基聯苯胺等化學藥劑可以顯現出來極微量的血跡形態，稱之為潛血反應。

我繞過正在用篩子清理現場灰燼的鑑識人員，走到了超市的收銀檯前。收銀檯是玻璃材質，已經被完全燒毀，櫃檯裡放著的雜物都已無法辨認。我撿起一截鐵棍撥弄著櫃檯裡的炭末，突然，在外面明媚的陽光照射下，一個亮閃閃的東西吸引了我的注意。

我找來鑑識人員照了幾張櫃檯的照片，然後小心地把圍繞閃光物體的灰燼分離開，映入眼簾的，是一堆一元、五角的硬幣。

「這是超市老闆放錢的錢盒？」我說，「這個私人小超市是沒有電子收銀機的，看來收的錢都是放在這個錢盒裡。」

鑑識人員用篩子慢慢篩出了硬幣附近的灰燼，說：「據鑑識角度看，這確實是一個錢盒，應該是用竹籃編製的。」

「我知道了。」我說，「雲泰盛產螃蟹，就類似是那個裝螃蟹的竹籃是嗎？」

鑑識人員點了點頭，說：「不過幾乎都被燒毀了。」

「有紙鈔的殘渣嗎？」我問。

鑑識人員搖了搖頭。

黃石永這時候走了過來，說：「剛才你說的照片經過電腦處理，可以看出俞婉婷穿著的羽絨衣胸口繡有MCC商標字樣。看來和我們在死者臉上採取的布屑很吻合啊，你是在懷疑兇手就是用照片上的這件衣服遮蓋死者臉部的嗎？」

我搖了搖頭，說：「師兄，這是一起以謀財為目的的殺人案件，兇手不一定和死者熟識。」

黃石永低頭思考了一下：「有證據嗎？」

「有。」我胸有成竹，「首先，剛才我們在櫃檯附近發現了死者收錢用的錢盒殘骸，裡面有一些硬幣，卻沒有任何紙鈔的殘渣。」

「紙鈔可能都被燒毀了啊！」黃石永說。

「不會！」我說，「竹子是隔熱效果不錯的材料，竹籃尚未被燒毀殆盡，那麼放在它裡面的紙鈔即便是燃燒，也不會一點渣都沒留下。」

「會不會是死者把紙鈔都收起來了？」鑑識人員說。

「那倒不會。」黃石永說，「據調查，俞婉婷平時離開超市，也只拿一些千元大鈔，零錢再多也不拿走，更別說她知道案發當天自己不會離開超市。」

「那就是說錢盒裡應該有一些紙鈔。」我說，「現在沒有了，只有一種可能，被別人拿走了。」

黃石永點點頭，說：「接著說。」

「還有……」我想了一下說，「開始我們認為兇手把衣服覆蓋在死者的臉上，是熟人犯案的特徵。排除了劉偉的嫌疑後，這個問題就一直困擾著我。今天看來，兇手之所以用衣服覆蓋住了死者的臉，純屬意外。」

「現在我們已經確定覆蓋在死者臉上的，是她自己的一件藍色羽絨衣。」我走到大衣櫃旁邊說，「現在是夏天，羽絨衣不可能放在外面，應該是放在大衣櫃裡面的。死者睡的床上有毛巾毯，有床單，兇手為什麼不用這些順手能拿得到的東西，而非要去拿應該放在大衣櫃裡面的東西去蓋住死者的臉呢？」

「也不能就此肯定羽絨衣就是放在衣櫃裡面啊！」黃石永說，「說不定是疊在床頭當枕頭呢？」

「別急，我還有推斷。」我一邊拉開大衣櫃的門，一邊說，「這個大衣櫃的門是用強力磁鐵來閉合的，不用一點力氣是打不開的。也就是說，兇手曾經打開衣櫃大門，還把衣櫃裡的衣物、被褥翻出來。」

「不能是被高壓水槍沖倒以後，衣服、被褥才掉落出來的嗎？」黃石永說，「如果是兇手事先翻動出來的，被翻出來的衣物應該會被完全燒毀了啊。」

我說：「如果是滅火過程導致衣櫃倒下，並且倒下的同時裡面有東西掉落，則衣櫃的門應該是開著的。不可能是在大衣櫃倒下的瞬間，裡面的衣物掉了出來，大衣櫃倒下後，門又合上了。即便那麼巧能合上，也會把地上的衣物夾一部分在門內。你們再看，大衣櫃後面的腳比前面的長，放不穩，所以我推想是兇手一時心急翻動大衣櫃，把衣物拉出衣櫃，在關門的時候，因為用力過度，導致大衣櫃向後傾倒，碰撞牆壁後，由於反作用力又向前倒下，才造成了這種現象。」

說完，我指了指大衣櫃後方牆壁上的一個新鮮的碰撞痕跡。

大家點頭。

我接著說：「根據上述兩點，結合死亡時間的推斷，我們可以論斷，兇手在殺死死者後，用了半個小時以上的時間來翻動超市，尋找財物，至少翻動了櫃檯和大衣櫃。兇手的目的應該是謀財。」

「謀財多數不會是熟人，即便是認識的人，也很少有非常熟識的人。」黃石永說，「可是這個案子明顯應該是熟人犯案啊！」

「不！」我說，「我現在覺得不一定是熟人犯案，至少不是非常熟悉的人。」
「可是事實是俞婉婷把兇手從西側大門帶到了東頭的居住房間。」黃石永說，「不是熟人的話，那麼這個俞婉婷也太沒有警覺性了吧？三更半夜敢把陌生人帶進自己的屋子？我覺得不太可能，這個俞婉婷還長這麼漂亮，晚上可能還穿得比較少，她就不怕陌生人？」
「這個問題也曾困擾過我。」我說，「不過我剛才仔細篩了一下屍體附近的灰燼，現在我搞清楚了屍體附近的這個貨架擺放的是什麼貨物了，所以我也就理解為什麼俞婉婷會在衣冠不整的狀態下，帶個陌生人走進自己的超市了。」
我用夾子夾起屍體位置附近倒伏的貨架下壓著的一片塑膠包裝紙碎片，上面印著幾個字：「七度空間[5]」。
「師兄，明白了吧？」我笑著說，「我的推斷，有沒有道理？」

4

黃石永若有所思地點了點頭。
一旁的偵查員有點兒丈二金剛摸不著頭腦，問道：「這是什麼意思？」
黃石永說：「屍體附近的貨架是放衛生棉的，所以我們現在懷疑，兇手是個女人。如果是

5 為中國大陸著名的衛生棉品牌。

女人，半夜來買衛生棉，俞婉婷很有可能會放鬆警惕，帶她到放置衛生棉的貨架附近，然後兇手趁機行兇。」

「師兄忘了吧？」我打斷黃石永的話，「我們之所以懷疑不是劉偉犯案的依據，是我們覺得本案應該是兩個人犯案哦！」

「哦！對對對。」黃石永說，「女人可能只是騙她開門的，兇手應該是個男人。」

我說：「我們在屍體上發現了兩種損傷，都有生理反應，也就是說，一個人不可能在雙手掐壓死者頸部的同時，又拿鈍器打擊死者的頭部，所以我們開始就懷疑是兩人犯案。屍體上的兩種損傷反差極大，掐壓頸部的力度非常大，導致了頸部的軟骨都嚴重骨折，但是頭部的損傷比較輕。今天我又找到了這個兇器——茶杯，這麼重的茶杯，如果是力氣很大的人揮舞起來，反覆擊打在死者頭上很容易造成顱骨凹陷性骨折，但是屍體上卻只有輕微的表皮和皮下組織損傷……」

我咽了口口水，接著說：「經過現場勘察，現在我更加可以肯定，兇手應該是一男一女。女的騙開超市大門，男的趁死者帶女人進入超市內部的時候闖了進來，在床邊這個貨架附近將死者按倒，掐壓住她的頸部。女人則順手拿來一只不銹鋼茶杯反覆打擊死者頭部，逼她說出錢的位置。由於男人的力氣過大，將死者掐死，於是他倆翻動超市，拿走了櫃檯裡的紙鈔，在超市裡容易起火的貨物貨架處點火，企圖毀屍滅跡，然後離開。」

「可是，這樣的案子，要從什麼地方突破現狀？」黃石永一籌莫展。

「別急，師兄。」我說，「我們去巷子口看看。」

我和黃石永繞著這條兩三百公尺長的巷子走了一圈，有了很顯著的發現。這是一條兩頭通馬路、中間封閉的巷子，也就是說，兇手如果想進入現場，必須從巷子的兩頭進入，離開也是這樣。巷子的東頭是一個三岔路口，有紅綠燈，也就是有監視錄影。巷子西頭有一家銀行，門口也有監視器。

「這等於是我們掌握了小巷兩頭的進出紀錄。」我說，「等看過監視器影像，應該可以發現可疑的人員吧？」

黃石永搖了搖頭，說：「關於這個，偵查部門早就想到了，奇怪也就奇怪在這兒，案發時段附近，沒有任何可疑的人進入巷子或者離開巷子。」

「那就說明兇嫌在案發時間附近，就待在這個巷子裡，犯完案也沒有離開。」

黃石永說：「可是這裡只有店面，沒有住家啊！」

我說：「那我們當天看見起火，哪裡來的那麼多圍觀群眾呢？」

「你提示我了。」黃石永說，「這裡有家網咖，雖然現在網咖不准通宵營業，其實這些網咖還都是偷偷摸摸通宵營業的。」

我笑著說：「那就去看網咖的監視器吧！」

調閱了網咖當天晚上的監視錄影，很快我們就發現了線索。一個穿白色衣服的魁梧男子和一個短髮女子在案發當晚十點多先後離開網咖，但是沒有去服務檯結帳。十一點四十分，這兩個人又一起回到了網咖。十二點十分，兩人又和網咖的數十個人一起出了網咖，應該是去圍觀救火現場的。

「原來當天兇手和我們一起在現場。」我感覺背後一陣發涼，轉頭問偵查員，「網咖的上網紀錄呢？」

偵查員攤了攤手，說：「這些網咖晚上偷偷摸摸營業，都不登記身分證，所以掌握不了上網者的資訊。」

「唉，這麼好的線索，因為網咖不守規矩，沒戲唱了。」我無奈地說。

「可是這個短髮女子出門的時候穿的是紅色的T恤，回來的時候穿的卻是淺色的。」黃石永看出了一些蹊蹺。

我想了想，說：「我還記得我們在床板處發現噴濺狀血跡中間有處空白區。這個空白區應該就是拿杯子打擊死者頭部的人站的位置，她的存在擋去了一部分噴濺血。」

「你是說，她是因為衣服上沾附了血跡，怕人發現，所以換了衣服？」

我搖了搖頭，說：「從監視器影像上看，衣服的款式應該是一樣的，就是顏色不太一樣。嫌疑人的身材明顯比死者瘦小多了，不可能是在現場換上死者的衣服。所以，最大的可能是嫌疑人反穿了衣服。」

「我去問網咖老闆。」偵查員跳了起來，快步出門。

我和黃石永在專案小組耐心地等了大約兩個多小時，偵查員才推門進來。

「怎麼去這麼久？」黃石永問。

偵查員高興地說：「因為我們直接把兇嫌抓回來了。」

這個喜訊出乎意料。

偵查員說：「網咖老闆聲稱當天晚上上網的人很多，自己在服務檯裡早早睡覺了，看了監視錄影也不認得嫌疑人是誰，也不知道他們什麼時候出去又什麼時候回來的，而由於上網是有押金的，所以也不用怕他們跑掉。但當我們提出這個人可能反穿衣服的時候，網咖老闆突然說那天晚上起火的時候他也出去圍觀，無意中看到了我們說的那個反穿衣服的嫌疑人。他認得是在網咖隔壁店家工作的服務生李麗美，當時還在奇怪這小妮子為什麼要反著穿衣服呢！」

「太符合條件了！」我興奮道，「正好在附近工作，和死者怎麼說也有幾面交情，死者就更加可能對她沒有防範了。」

「我們去聽聽審訊情況吧。」黃石永高興地說。

但對李麗美的審訊遲遲無法展開，李麗美拿著一份懷孕診斷報告，在審訊室裡不停地哭、不停地吐，就是一個字也不說。

於是我和黃石永來到了審訊李麗美的男朋友陳霆威的審訊監控室。審訊室裡，偵查員遞給渾身發抖的陳霆威一根菸，陳霆威搖了搖手說：「謝謝，我不抽菸。」

偵查員說：「說吧，從網咖的監視器裡已經看到你了。」

陳霆威瑟瑟發抖，說：「其實我也不想，其實我也不想啊……我和麗美都在外工作，每個月的工資加在一起不到三萬塊，還要寄回老家給雙方父母一萬塊，我們真的活不下去啊！現在麗美又懷孕了，一罐奶粉都要四五百元，我們怎麼養得活自己的孩子？」

我看著眼前這個魁梧的二十歲男孩，心中又浮起一絲惻隱之情。

陳霆威說：「麗美說這個婉婷超市每天都有好幾萬塊的進帳，我們就準備去偷。晚上我們以為俞老闆關門回家了，就從網咖出去到超市撬門，沒想到剛撬了一下，就聽見超市裡有動靜，於是我趕緊躲到了一旁，麗美很沉著，沒有躲開。俞老闆拉開鐵捲門上的小窗，看見是麗美，就打開了鐵捲門。麗美對她說自己正在上網，突然大姨媽來了，要買衛生棉，就來敲敲門試試。於是俞老闆就和麗美說笑著走了進去，進去前，麗美給我使了個眼色。我知道她是示意我們去搶劫。我趁黑溜進超市，看俞老闆正背對著我看麗美挑選衛生棉，我就撲了上去按倒她、掐她。麗美跑過去拉下鐵捲門，又不知從哪兒拿了個茶杯回來猛打俞老闆的頭部，問她錢在哪裡。可是俞老闆就是不說話，我一生氣就更使勁掐她，沒想到過了幾分鐘她就不動了。我們見她死了，很害怕，麗美說不能白殺個人，於是我們就開始到處找錢，可是只在櫃檯裡找到了幾千塊的零錢。」

「你們為了毀屍滅跡，所以燒了超市，是嗎？」偵查員厲聲道。

陳霆威哭著點頭。

「案子破了……這兩個孩子，再窮也不該犯法殺人啊！唉，可惜了！」我嘆了口氣。

「我覺得我們的證據還不太周延。」黃石永擔心地說道。

「有監視器證明他們在發案時間內離開網咖，又有口供，而且李麗美應該還有血衣。」我還沒說完，就聽見審訊室裡偵查員說：「你們當天晚上穿的衣服呢？」

「麗美回家就洗乾淨了。」陳霆威抽泣著說道。

我看了看黃石永，說：「真被你說中了，現在沒物證了。」

「是啊，證據不夠完善。」黃石永說，「雖然他是主動招供了，但是如果碰見個無良律師唆使，上庭翻供，說是刑訊逼供什麼的……不好辦啊！」

「別說人家律師！」我笑著說，「證據不夠完善，是我們的責任，律師的質疑是對的。我們去他們倆租的房子裡看看吧。」

看得出來，這一對小情侶生活習慣還是挺好的。租來的房子裡收拾得乾乾淨淨，監視錄影裡看到的他們所穿著的衣物已經整整齊齊地疊好放在櫃子裡了。

黃石永拿了出來仔細看了看，說：「洗得很乾淨，找到血跡的希望不大了。」

我搖了搖頭，走到一個五斗櫃附近，隨意拉開其中一個抽屜。抽屜裡赫然放著幾條白沙、紅塔山香菸。

「我們有證據了。」我一邊招手讓偵查員過來拍照，一邊和黃石永說，「監視器影像裡，陳霆威出去回來都是拎著一個包包，雖然看不清包包的外形，但是這些香菸很有可能是用那個包包裝回來的。」

「菸的等級不高啊。」黃石永說，「會不會是他自己買來抽的呢？」

「他不抽菸。」我笑著說，「審訊的時候，他拒絕了我們遞給他的香菸，說自己不抽菸。」

「那他拿這些廉價菸回來做什麼？」偵查員問。

「我覺得可能不止這幾條，應該有其他高價菸，已經被他賣了。」我說，「因為他不抽菸，可能不一定認識這種白沙菸，所以一起拿來，只是賣不掉罷了。」

「嗯，可能性極大。」黃石永點點頭，開始下達指令：「原來第一組的人去問問菸草公司，查證這幾條菸是不是配送到婉婷超市的；另一組人去調查附近回收禮品的店鋪，找看看有沒有被兇嫌賣掉的香菸。」

雲泰市公安局的辦案效率很高，在第二天早上我離開雲泰的時候，黃石永就走過來對我說：「證據查實了。」

我搖了搖頭，對這一對可憐、可悲又可恨的小情侶表示了惋惜，「他倆的父母，還有麗美肚子裡的孩子，以後該怎麼辦呢？」

第4案

致命誘惑

我的愛是那麼深，已近瘋狂，人們所謂的瘋狂，在我看來，是愛的唯一方法。

法蘭絲瓦．莎岡（Francoise Sag

1

夏天還在繼續。氣溫已經超過了人體的正常溫度，也給腐敗細菌的滋生、繁殖提供了良好的環境條件。上班族都躲進了空調辦公室裡，法醫們卻還得在酷日底下，跋山涉水，打撈著形態各異的屍體，搬回解剖室檢驗。說形態各異不為過，屍體腐敗是一天一個樣，從屍綠[1]到腐敗靜脈網[2]出現，再到屍體發黑、膨大，當然還有最讓法醫頭痛的巨人觀[3]。無論屍體變成什麼樣，法醫都不能甩手不予理睬，也不能等閒視之。所以熱到中暑、晒到脫皮等情況在法醫這行業很是常見。

我屬於不耐晒的那種，每年的夏天和冬天，我都會以兩種膚色出現，這一年也不例外。週一，我黑黝黝地進了辦公室，看見李大寶正坐在辦公桌前吃著早點。

「一個月不見，你幹什麼去了？」大寶說，「去非洲的機票貴嗎？」

「去你的，我到夏天就這樣！」我也很訝異大寶回來上班了。一個月前，為了遴選考試，師父給了他一個月的假期專心準備。看見他回來，就知道他的考試結束了。

「考得怎麼樣？」我問道。

「稟包大人，考得很好，不就是法律嘛，比司法考試要簡單多了。」大寶信心滿滿。

聽大寶這麼一說，我放心了許多，既然用人單位不能選擇自己要用的人，那我唯一能做的就是祈禱。

1 人死亡一兩天後在屍體右下腹的皮膚上會出現綠色斑塊，稱屍綠。

2 屍體腐敗現象之一。人死後，靜脈裡的血液會因腐敗和溶血而透過靜脈壁，使皮膚先染成暗褐色，後變成暗綠色。

3 人死後五至七天，屍體腐敗會擴展到全身，使整個屍體膨脹成一個龐然大物，難以辨認其生前容貌，稱巨人觀。

電話突然響起，大寶停止了咀嚼，含著一嘴食物說：「運氣不是這麼好吧，我重出江湖的第一天就有活要幹？」

「到底是運氣好還是運氣不好？」我皺著眉頭接通了電話。

「我在樓下，太陽很晒啊，所以如果你們五分鐘內不到樓下，我就不帶你們去青鄉市的現場了。」看來最近師父心情不錯，不僅能放下繁重的行政管理工作到現場出勘，還能用這麼輕鬆的語調來調侃我們。

掛了電話，我對大寶說：「你復出的第一起案件，是你老家的，動作快一點吧。」

電梯裡，我和大寶遇見了滿頭大汗、睡眼惺忪的林濤，看見他手裡拎著箱子，就知道我們又要同行了。

「青鄉美女多。」我笑著說，「你這種形象出場，不是你的性格啊！」

林濤搖搖頭，說：「可別提了，昨晚我值班，接了一晚上的各種騷擾電話，本想今天早上睡晚一點，結果七點多青鄉來電話說有命案，累得我牙都沒刷呢！」

「知道是什麼案件嗎？」林濤湊上前來展示一口白牙，我趕緊捏了鼻子閃開還不忘問著。

「電話裡說，今天早上有個村民發現鄰居家的美麗人妻死在床上，赤裸著的，應該是命案，就報了警。」林濤拿出溼紙巾擦了擦頭上的汗。

「我們負責的都是重大、疑難的案件，怎麼現在只要是漂亮的人妻就得去了？還興師動眾的，連師父都去？」大寶說。

「不是，我還沒說完呢！」林濤這口氣喘得夠長的，「派出所警員到的時候，發現另一個房間裡還有一個裸體老頭，也死了。」

「同一家的？」我問，心想現在裸睡這麼流行啊！

「應該是吧。」林濤說，「副主任是自己要求去的，這種專家級人物，天天讓他負責行政工作，就像是逼著南方人天天吃麵食，受不了的。」

師父在樓下正抬腕看錶，見我們來了，笑著說：「四分四十九秒，哈，差一點就不給你們三個人跟了。」

一鑽進車裡，我就忍不住問：「師父，有什麼現場消息嗎？」早一些知道現場情況，就會給現場勘察員們多一些思考的時間，也許就是多出的這麼一些時間，就能找到案件偵破的關鍵。

「難度應該不會太大。」師父緩緩地說，「初步調查情況看來，是公公和兒媳婦雙雙死亡，目前死亡原因不明，據說家裡依稀有打鬥痕跡。」

「不會是亂倫吧？」我暗自緊張了一下。

「你腦子裡都想些什麼呢，日本A片看太多了吧？」師父說。

我嘟囔著：「是林濤說的，都是裸體死亡。」

林濤瞪著眼睛，攤著雙手表示無辜。

師父說：「男死者幾個月前腦溢血，死前已是半植物人狀態。」

「哦！」坐在後排的我們三個異口同聲。我心裡暗想，什麼人這麼心狠手辣，植物人也要殺害？看來肯定是深仇大恨了。也或許是和男死者有仇，女死者只是倒楣碰上了。但如果我是男死者的仇家，與其殺了他，不如就看著他下半生成為植物人的慘樣，不是更痛快嗎？

一路上，我和大寶爭論著他參加遴選考試的題目，林濤則靠在椅背上睡得很香。

「他還沒交女朋友吧？」坐在副駕駛座上的師父回頭看了一眼林濤，對我說。

「你怎麼知道？」我說，「師父也關心八卦啊？」

「廢話！」師父說，「只要是我的人，他的的家庭問題當然很重要，我關心下屬，怎麼是八卦？我之所以知道他沒女朋友，是觀察得來。你看，一上車，你和大寶一人就發了一則簡訊，沒猜錯的話應該是向女朋友彙報你們出差了。但是林濤一上車就睡了。」

我和大寶頓時無語，心想師父有需要這樣嗎，隨時都進行現場分析？

下了高速公路，就看見青鄉市公安局的車閃著警示燈已經候在那裡了。分隊長劉世豪看見坐在副駕駛座的是師父，趕緊跑過來敬禮。

「陳副主任好，副主任親自來啦？」

「哦，我是來看看這幫小子最近有沒有長進。」師父指了指我們說。

我和大寶對視一眼，心想這個師父自己憋不住就憋不住，出勘現場還要找個理由。

在警車的帶領下，我們穿過了繁華的市中心，又經過一番顛簸，到達了偏僻市郊的一個小村落。小村裡的路很窄，十幾輛警車都停在村口。

我們下了車，拎著箱子往案發現場方向走去。

我還挺喜歡這種拎著箱子在圍觀群眾中穿行的感覺，聽著群眾的紛紛議論，還可以沐浴著年輕姑娘們崇拜的目光——雖然我知道比起我這「黑包公」來，姑娘們更願意盯著林濤看。

案發現場是一處修砌得不錯的院落，院落裡有一間白磚黑瓦的平房。平房只有一扇大門，但從周邊的窗戶來看，應該有一個客廳和東西兩個房間。

劉世豪叫來負責的偵查員，向我們說明案件初期的調查情況。

「早晨七點，案發現場隔壁一家住戶吳姓老太太報警。老太太說，這家的男主人叫孔祥威，兩年前花光了所有的積蓄買了一個媳婦，據說價錢還不便宜，因為全村人都知道孔祥威這個媳婦很漂亮。這個媳婦姓蔡名玉玲，大家都喊她小玲。小玲是雲南人，被賣過來之後倒也沒有鬧不愉快，安心在這裡過上了日子，不過她性格內向、為人拘謹，平常不和別人打交道，天天鎖著門，大家也都很難見到她。但今早她家大門是虛掩的，老太太覺得很奇怪，怕遭了賊，就進了院子，一看房門也是開著的，覺得不對，進客廳一眼就看見小玲死在床上。」

「孔祥威呢？」師父問。

「我們正在找。」主辦偵查員說，「據調查，半年前孔祥威托親戚幫忙，在上海找到一份還不錯的工作，所以一直在那邊工作，很少回來。三個月前，孔祥威的父親孔晉國突然腦溢血，雖然後來經醫院搶救，勉強保住了一條命，但因為發現得晚，不幸成了半昏迷狀態的植物人，沒有了自理能力。」

「孔祥威當時趕回來了？」

「是的。孔祥威第二天就趕回來了，知道父親變成植物人是因為小玲發現晚了，氣得打了小玲一頓。他照顧父親出了院，才回上海，之後的日子，還是由小玲來照顧老先生。」

「孔祥威也算是個孝子啊，那小玲照顧公公照顧得怎麼樣？」我問。

「因為小玲不常和人打交道，所以大家都不是很清楚。」偵查員說。

「孔祥威現在在哪裡？」我問。

「目前還沒有聯繫上。」

是什麼心情。

我搖了搖頭，心想，這個孝子如果得知自己的父親和花錢買的漂亮媳婦同時殞命，不知會

師父招手示意我們穿上勘察服，進入現場。

進了大門，便能看到一間寬敞的客廳，客廳裡家具不多，只擺了一組組合沙發和一張木製餐桌。客廳的兩側都有門，分別通向兩間臥室。左側臥室裡物品擺放得很整齊，右側臥室裡則可以感覺出有些打鬥的痕跡，但是衣櫃、櫥子並沒有被翻動的跡象。

「門窗完好，沒有撬壓痕跡。」

「先看看屍體情況，再分析現場吧。」師父看見林濤和幾名鑑識人員在勘察現場，於是轉頭對我和大寶說。

我們先進了右側的臥室，只見床上躺著一具女性裸屍，皮膚很白，還是慘白的那種，身材姣好，不愧是村民說的美麗人妻。死者的身體下側已經形成了紅色的屍斑[4]。床的內側胡亂地扔著一條被撕碎的連衣裙和一條白色的內褲。

「看起來像是強姦現場啊！」我的聲音透過口罩，減低了不少分貝。

師父點點頭，說：「你看，屍斑已硬，但屍體沒有達到所有關節都最硬的狀態，這大約是死亡了多久？」

「十小時左右吧。」我一邊看著插入屍體肛門裡的屍溫計，一邊說，「從屍溫算，是死亡十一個小時。現在是將近十一點，也就是說，死者的死亡時間是昨天晚上十二點左右。」

師父說：「對，昨天晚上十二點死的。剛才說過這個小玲非常拘謹，在村子裡也沒有什麼

4 屍斑是由於人死後血液循環停止，心血管內的血液缺乏動力而沿著血管網絡沉積於屍體低下部位，形成屍體高位血管空虛、屍體低下位血管充血的結果。屍體低下部位的毛細血管及小靜脈內充滿血液，透過皮膚會呈現暗紅色到暗紫紅色斑痕，這些斑痕開始是雲霧狀、條塊狀，最後逐漸形成片狀，即為屍斑。屍斑是死亡確證徵象之一。

特別要好的人。現場大門虛掩，窗子是關好的，若是強姦，強姦犯是怎麼在那麼晚的時候進入室內的？死者這麼拘謹，不會半夜還不關門。」

我低頭沉思。

師父說：「去看看老先生的屍體。」

我們走回客廳，林濤正在左側臥室門口尋找足跡，見到我們過來，說：「不是說是昨晚的事情嗎？怎麼屍體都臭了？不可能腐敗得這麼快呀？」

我笑著說：「你不是沒刷牙嗎？你聞到的會不會是你自己的味道啊？」

林濤站起來捶了我一拳頭。

「林濤說得不錯。」師父說，「看來這個案子複雜了。」

2

「什麼說得不錯？」我走過去看屍體。

老先生的屍體上蓋著一條毛毯，他雙眼微睜，嘴唇微開，嘴角還有幾處類似擦傷的痕跡。

「這個確實很奇怪。」師父說，「這死者看來比女死者早一天就死了。」

我抬了抬老先生的胳膊，說：「屍僵程度和女死者差不多啊！」

師父說：「別先下結論，看看這個。」

師父隨手掀開毛毯，露出了老先生的肚皮。

「死者胳膊和腿都出現了明顯的肌肉萎縮現象。」我說，「但是肚子還是挺大的，看來這個媳婦是盡心盡力地照顧公公了。」

「重點不在這裡。」師父說，「你看死者的腹部出現了綠色，腐敗靜脈網都已經開始出現了，但是女死者的並沒有。」

「我明白了。」我說，「屍僵是慢慢形成後再慢慢緩解的。這種程度的屍僵要分辨是形成期還是緩解期，就要看屍體的腐敗程度了。出現屍綠，應該是一天以上了。」

「是的，根據屍僵情況和屍體腐敗情況綜合考慮……」師父低頭想了想，說，「老先生應該是前天夜裡死亡的。」

「也就是說……」我沉吟，「公公比媳婦早死了一天。這是什麼情況？」

「這是什麼？」大寶的話打斷了我和師父的思考。

我轉頭望去，大寶手裡拿著一支最大號的注射筒，說：「床頭櫃上放了一支注射筒，老先生是半植物人狀態，應該不需要打針吧？再說，打針也不需要這麼大的注射筒吧？」

「難不成是注射毒物致死？」我說。

師父在床頭櫃附近看了看，說：「不像。沒有發現針頭，不像是打針用的。回頭注意一下屍體上有無針孔，再進行一下毒物檢驗就可以了。」

我拿過注射筒，發現針管裡有一些殘留液體，晃動了一下，發現裡面有明顯的雜質。

我把針管裝進物證袋，隨手遞給林濤，說：「回去化驗看看這裡面是什麼東西。」

師父帶著我們重新又進入了右側臥室，重新仔細地勘察。

案發現場景象很簡單，從林濤那裡也得知並沒有發現有價值的指紋和足跡。一臺電話機散落在地上，已經完全損壞了。床頭上方的冷氣還在呼呼地往外吹著冷風，但是冷氣的導流板已經掉落在枕頭上，被死者枕在頭下。

我端來板凳，站上去檢查冷氣機。

「冷氣機外表下方有明顯的損傷痕跡。」我說，「應該是硬物砸到這裡，導致塑膠外殼裂了，於是正在擺動的導流板掉落在枕頭上。」

「那很可能是這個東西砸的。」大寶指著冷氣機下地面上的電話機說。

「而且是先砸東西，人再躺到床上的。」師父指了指死者頭下方枕著的導流板說，「這個導流板顯示了事件的先後順序。」

我們紛紛點頭。

「我們等一下會在電話機上仔細找找。」林濤說，「看有沒有可能發現清晰而且有鑑定價值的指紋。」

師父蹲在地上拿起電話機，對林濤說：「關鍵是電話機的底座面。你想想，如果要把電話扔出去，手指就必然會觸摸到底座。如果底座有明顯指紋，那指紋的主人就有重大嫌疑。」

林濤點點頭，說：「我們馬上把電話機送去檢驗，大概兩個小時左右會有結果。」

師父說：「好的，我們先去殯儀館。」

一路上，我都在想著老先生的死狀。死者四肢纖細，肚子卻很大。關鍵是全身赤裸，外觀沒有看到一處可以致命的損傷，也沒有明顯的窒息跡象。這個腦溢血的患者，不會是自然死亡吧？如果是自然死亡，小玲為什麼不趕緊去找其他村民幫忙呢？把一個死人在家裡放一天，一個女子怕是沒有那樣的膽量吧？

很快的我們就到了殯儀館。青鄉市公安局的孫德安法醫早已等候在解剖室門前。青鄉的解剖室設備是領先全省的，可是沒等師父開口誇讚，孫法醫就滿懷歉疚地說：「前兩天解剖室的全新空調系統壞了，現在送風和冷氣都不能使用，解剖室裡就像個蒸籠。」

我走進解剖室感受了一下溫度，確實就像是鑽進一輛晒了一天、沒有貼隔熱紙的汽車一樣，腦袋裡嗡的一聲，趕緊退了出來。

師父無奈地搖了搖頭，說：「盡快找人修吧。看來我們今天只有露天解剖了。」

「師父，咱們從誰開始？」我穿上悶熱的解剖服，找了個陰涼的地方站著。

「先看老的吧！」師父說，「我一路上都在推想這個老先生的死因。」

我暗自高興，原來自己和師父的思路居然已經如此一致。

解剖很快開始。

我們先切開死者的頭皮，發現死者的顱骨少了一塊，顱骨斷端的邊緣已經圓鈍化，這想必是醫院進行去骨瓣清除腦內積血的手術形成的。少了這一塊骨瓣，給開顱減少了不少麻煩。

老先生已經縫合的硬腦膜被我們打開，他的顱內看起來很乾淨。

「可以排除是腦溢血復發死亡。」師父說，「頭沒什麼問題。」

「頸部也沒問題。」我說，「而且沒有明顯的窒息跡象。」

「那……更像是……自然死亡啊！」大寶微弱的聲音引起了我們的注意。

我看見大寶面色蒼白，額頭上豆大的汗珠不斷往下低落，忙問道：「大寶，你沒事吧？」

大寶搖了搖頭，說：「感覺有點中暑，一會兒就好。」說完，他走到一旁的樹蔭下休息去了。

師父回到正題，說：「我猜想這個小玲應該是盡心照顧老先生的。」

「從哪裡能看得出來？」我問。

「我是推論的。」師父說，「如果公公和媳婦同處一室，公公又沒有自理能力，媳婦能不見外地讓公公裸著身體，最有可能就是為了方便為公公擦身體吧！」

我點點頭，說：「沒錯，畢竟是夏天，而且這個老先生身上沒有一點脫皮、褥瘡，這種情況對於長期臥床的人很難做到，應該是時時刻刻都維持了清潔。」

「說不定真的是自然死亡。」師父說。

正說著，天空忽然烏雲密布，雨點毫無預兆地砸下來。我們趕緊把屍體推進了悶熱的解剖室，孫法醫趕緊請一旁負責照相的警員幫忙打開窗戶。

「看來不是自然死亡啊！」師父笑著說，「你看，老天都有意見了，都興風布雨起來。」

我被師父說得後背一陣冷汗，「師父，我們要講科學，不能迷信。」

師父哈哈大笑，說：「我看你們那麼嚴肅，大寶嚴肅得都中暑了，說來放輕鬆一下。」

大雨落下，空氣立即涼爽了很多，我站到窗口邊，享受大風刮在後背的感覺。大寶的蒼白面色也隨著這涼風緩和了許多。

可是當師父的手術刀刀尖劃開老先生腹部的那一剎那，我們全都驚呆了。

隨著刀下的皮膚向兩側分開，躍入眼簾的竟然是滿腹的黃色物體。沒有內臟，沒有小腸，眼前的黃色觸目驚心，更腥臭撲鼻。一點兒都不誇張，滿腹都是……彷彿糞便一樣的東西！

「這……這是什麼……」我抬起手揉了揉鼻子，說，「難不成是內臟腐爛？」

師父轉臉看了看我，說：「你見過內臟腐爛成這個樣子的？」

「我也沒見過這樣子的腹腔……」我搖了搖頭，說，「難不成是一肚子大便？」

師父說：「的確少見，不過現在搞清楚了，我們是直接打開了死者的胃。」

「胃？」我知道人體的胃是柔韌的，且位於腹腔的正後側，一般是不會輕易被手術刀劃開的。

「沒錯。」師父用止血鉗夾出一層薄薄的軟組織說，「你看，這就是死者的胃。」

「我明白了。」我說，「死者胃裡有大量食物，把胃撐到了極限，和腹壁緊貼在一起，所以我們一刀就把胃給劃開了。」

師父說：「嗯，胃內的食糜應該保持食物原有色澤，但是死者的胃裡卻是糞便狀。冰凍三尺非一日之寒啊！」

「您是說日積月累攢下來這麼多食糜……」大寶驚訝地問，「然後食糜消化腐敗成糞便？」

「是的。」師父沿著死者的腸繫膜把小腸剪下、拉直，說，「你看，這裡有一處腸套疊。」

「腸套疊會導致腸大部分梗阻。」我說，「這表示死者每天吃下去的多，但拉出來的少，日積月累，胃就被越撐越大。」

「可惜他腦溢血術後不會說話。」師父說，「別人喂，他就只能吃。」

「不張嘴不就好了？」大寶說。

「就怕是有好心人辦了壞事。」師父指了指躺在一旁的小玲，說，「你們忘了那支注射筒了嗎？」

「哦！」我突然想起了那支大號注射筒，「怕公公吃不飽，所以用注射筒灌服。公公只要張了一下嘴，就停不下來了，只能繼續吞咽。」

「等注射筒裡的殘留物檢驗出來就明白了。」師父說。

「因為死者的胃不斷增大，壓迫了腹腔裡的重要血管和臟器，導致各臟器供血不足，最終壓迫到了一定程度，器官功能衰竭導致了死亡。」我說，「所以看起來像是自然死亡。」

大寶說：「原來『撐死』是這樣的死法啊，之前我都不清楚。不過，師父的迷信還真的應驗了。」

我環視了一下四周，感覺到彷彿有什麼人正在看著我。

3

「注射筒裡的液體是米漿，雜質是米粒碎屑。」劉世豪分隊長這時走進了解剖室，說，「另外，現場的電話機底座真的發現了四枚指紋，經鑑定，和注射筒上發現的指紋一致，都可以確定是小玲的。」

「嗯，跟我的猜想一樣。」師父說，「剛才驗屍所見，死者是長期被注射筒灌服食物，但由於腸套疊不能正常排便，導致胃過度擴張、壓迫腹腔靜脈血管，臟器供血不足而器官功能衰竭死亡。」

聽師父嘩啦啦說了一大串，劉世豪向上翻著眼睛，顯然是反應不過來。

「撐死的。」我補充道。

劉世豪恍然大悟，點點頭，說：「原來兇手是小玲。」

「她應該是無意的。」師父說，「從老先生的屍體看，他生前身體應該一直保持清潔狀態，沒有生成什麼褥瘡，顯示小玲是盡心盡力照顧他的，不應該有殺死他的動機。可能是因為小玲不懂得保健常識，所以不小心弄死了她的公公。」

「聽你這麼一說……」劉世豪反問，「會不會是小玲發現自己照顧的公公死了，因為內疚，所以自殺了呢？」

「盡想些好事。」我說，「自導自演了，你們就可以不用熬夜了是嗎？」

劉世豪在一旁打了個哈哈。

此時法醫孫德安已經和實習法醫一起把解剖床上的屍體換成了小玲。師父走過去按照從頭到腳的順序，對小玲進行了屍表檢驗。

「瞼球結合膜點狀出血，口唇青紫，面頰青紫，甲床紺青。」師父說，「窒息徵象明顯啊！」

「頸部有明顯的條狀皮下出血。」我用止血鉗指著死者的頸部，說，「幾乎可以肯定是被扼頸致死。」

師父笑著對劉世豪說：「看來你的願望破滅了。人有很多種死法，但扼頸致死這一種是自己做不到的。小玲死於他殺。」

雖然已經幾乎確定了死因，但是師父還是帶著我們按照解剖流程剖驗了小玲的屍體。屍體稍微一動，會陰部就有黃白色的液體流出。

我拿了紗布纏繞在止血鉗上，採取了死者的陰道液體。

「肯定是精液，而且量不少。」我皺著眉頭，說，「陰道口腫脹，內壁擦傷明顯，這是一次非常粗暴的性行為。」

「一會兒解剖完了，再送檢吧。」師父看大家都在忙著，接口說。

「我強烈懷疑是性侵害啊！」大寶說，「死者被扼頸致死，手腕有輕微的約束傷，陰道內有大量新鮮精液且有陰道損傷，後背肩胛部有擠壓形成的小片狀出血。完全符合強姦殺人案件中死者的損傷特點。」

「可是師父說了……」我說，「小玲為人拘謹，不可能會在半夜給陌生人開門的，小玲又沒有什麼熟人。」

「這個案子，就要結合各個因素起來看了。」師父皺著眉頭，說，「首先，時間點很特殊，小玲的死，是在老先生死亡後的第二天晚上。老先生是前天夜裡死的，小玲發現老先生死了也應該是昨天白天，而她昨天夜裡就遇襲了。不應該有這麼巧的事情，這兩件事肯定有千絲萬縷的關係。」

「甚麼關係呢？」我感覺腦子裡一片混沌，「若硬是要聯繫起來，那麼只有她丈夫才有可能。」

「對呀，她丈夫！」大寶說，「為什麼不能是她丈夫幹的呢？」

我雙手撐著解剖檯，又回想了一下現場的情況，說：「現在想起來，真很有可能是她丈夫幹的。」

「說說看你的推論。」師父開始提問。

「一來，據調查所知，孔祥威是個孝子，老爸住院都會責打自己的愛妻。如果他發現父親是被自己的老婆餵飯餵死的，後果可想而知……」我說，「二來，大家回想一下案發現場情況：從現場可以發現先是摔了電話，砸壞了冷氣，然後再出現扼頸殺人。這個過程應該不會太久，因為冷氣導流板沒有被拿走，還在枕頭上。現在又已經確定砸電話機的人是小玲，一般而言，夫妻之間吵架才會亂摔東西，如果是和外人搏鬥，要砸電話機怎麼會砸到那麼高？說穿了，現場怎麼看就是夫妻吵架，小玲用電話機砸了冷氣，然後被人按倒在床上掐死。那麼她丈夫就有明顯的犯案嫌疑。」

「那性侵和陰道損傷怎麼解釋？」大寶問。

我說：「這很正常，陰道損傷有生理反應，大量精液也沒有流失，這表示死者是活著的時候被性侵，然後直接就被掐頸致死了。換句話說，性行為結束後，死者並沒有變動體位，不然精液早就流出來了，不會還有這麼多。至於損傷和衣服被扯壞，我覺得可以這樣理解：孔祥威長期在外工作，缺乏性生活，回來後被妻子這麼一氣，盛怒之下硬上也不是沒有可能。」

「那孔祥威知不知道他爸死了？」大寶問。

「我覺得應該知道。你看現在不是節日，也不是農忙，是在外工作掙錢的好時候，這個時候他回來做什麼？」我說，「最大的可能還是小玲發現公公死了後，打電話把孔祥威叫了回來。時間也對得上。」

「我讓他們查一查通聯紀錄就知道了。」劉世豪走到一旁指示偵查員查詢小玲和孔祥威的通聯紀錄。

「你說得很有道理。」師父終於發話，「分析有理有據，現在應該馬上找到孔祥威，同時進行精液的DNA檢驗。不管怎麼說，孔祥威應該和本案有直接關係。至於是不是孔祥威幹的，我心裡還另有一個疑問。」

「什麼疑問？」我和大寶異口同聲地問道。

「現在也說不清楚。」師父說，「你們先去檢驗DNA，我也要理一理思路。」

我和大寶驅車趕到青鄉市公安局DNA鑑定室。青鄉市警局的DNA檢驗師鄭大姐是本省第一代DNA檢驗工作人員，有著非常豐富的經驗。

鄭大姐看到我們進來，說：「來得真巧，剛剛整理出了孔祥威、孔晉國和小玲的DNA圖譜，孔祥威的DNA是偵查員在孔祥威家採取的，有對比的條件。」

「孔祥威半年不在家了，在他家採取的DNA可靠嗎？」我問。

鄭大姐說：「這個我也考慮過了，也對樣本的Y-STR[5]進行了比對，可以確定是孔晉國的兒子。」

我點點頭，敬佩鄭大姐想得周到。「鄭大姐，這是女死者小玲的陰道擦拭物。目前我們認為孔祥威有重大犯案嫌疑，而且小玲發生性行為以後就沒有再從床上起來過，所以這個精液很有可能就是孔祥威的精液。」

5 Y-STR檢驗，是法醫學對精子的一種DNA檢測手段。

「好的。」鄭大姐接過檢材說，「我需要六個小時的時間。」

「師父吩咐我們就在這裡等結果。」我笑著說，「因為結果一出來，很有可能就破案了。另外，我正好還有問題要請教鄭大姐。」

「什麼問題？」鄭大姐好奇地問道。

「您先忙吧。」我說，「這個案子是大事，等您取材、檢樣結束，做樣本擴增的時候，您就有空了，到時候我再問您。」

鄭大姐微笑著點了點頭，說：「好的，你們等著吧。」說完轉身通過門禁系統走進了裝備齊全的DNA鑑定室。

我和大寶見DNA室的工作人員開始忙碌起來，就分別躺在了實驗室門外的長椅上。因為累了一天，不一會兒我倆都迷迷糊糊地睡著了。

大約睡了三個多小時，我被鄭大姐搖醒了。

我擦了一下嘴角的口水，說：「嗯？大姐，樣本開始擴增了？」

鄭大姐笑著說：「早就擴增了，看你們睡成那樣，一直不忍心喊醒你們。說吧，什麼問題要找我？」

我看了一眼還在呼呼大睡的大寶，說：「他今天差點中暑，讓他多睡一會兒吧，我們去辦公室說。」

進了辦公室，我便開門見山說了：「我碰見一件案子，是一宗連續案件。幾起案件中，死者都被姦屍，在屍體的陰道擦拭物中，均檢出精斑弱陽性，卻無法做出兇嫌的DNA基因型，這一般會是什麼情況？」

「你說的是『雲泰案』吧？」鄭大姐微笑著說。

「妳也知道這個案子？」我非常驚訝。

「知道，當時也找了我去會勘。」鄭大姐說，「第一起案件發生的時候，DNA技術還不是非常成熟，大家都認為是機器的問題。但是後來又發生了幾起，尤其是一兩年前在龍都的那一起，也同樣無法檢出基因型，現在DNA技術已經非常成熟了，所以不會是技術和機器的問題。」

「那妳覺得是什麼原因呢？」

「精液中的酸性磷酸酶可分解磷酸苯二鈉，產生奈酚，後者經鐵氰化鉀作用與氨基安替比林結合，產生紅色醌類化合物。這就是精斑預實驗的原理。」鄭大姐說，「既然精斑預實驗呈弱陽性，說明死者的陰道內確定是有精斑的。一般這樣的情況，我們也是有把握做出DNA分型的。」

「那為什麼沒有做出來？」我問，「難道不是人的精斑？」

問完我就後悔了。鄭大姐也不過四十歲左右，臉上頓時一陣緋紅。

「不會！」鄭大姐說，「動物的也可以做出基因型。」

「那會是什麼原因呢？」我百思不得其解。

鄭大姐接著說：「當時有人問：會不會是戴了保險套？」

「戴了保險套，就不會弱陽性了呀！」我說。

「可能是開始沒有戴，後來才戴的。」鄭大姐說，「如果是那樣，就可能留下極少量精液，但是不留下精子。你知道的，只有在有精子的情況下，才能檢出DNA。」

我點點頭，說：「對啊，除了帶套，還有可能體外射精。」

「但這兩種可能都排除了。」鄭大姐說，「首先是死者的陰道擦拭物沒有檢出保險套外側的油脂成分，顯示兇嫌肯定沒有戴保險套。其次，現場附近和屍體的其他部位都沒有檢出精斑，體外射精是射哪裡去了呢？」

鄭大姐接著說：「我不是醫生，所以對醫學方面不是很懂，有人提出有一種病叫作無法射精。」

「不可能！」我打斷了鄭大姐的話，「不射精獲得不了性快感，這樣的人不可能接二連三去強姦殺人。對了，有沒有可能是結紮？結紮是掐斷輸精管，導致精子不能排出，但是前列腺是可以分泌精液的，精斑預實驗檢測的酶就是前列腺液裡的酶。如果是結紮的男人，排出的前列腺液可以有預實驗陽性，但因為沒有精子，所以無DNA分型。」

鄭大姐說：「你很聰明。當時很多人想了很久，最終得出的結論就是這個男人結紮了，但是我一直不是很同意這種說法。一來現在農村很少有男人結紮，要嘛都是女人結紮，這是因為女人戴避孕環是可逆的，可以取下來的，男人就不行了。二來即便是結紮了，分泌出的前列腺液也應該是大量的，不應該測出弱陽性的結果。」

「這還真難以確定。」我說，「會不會是兇嫌清洗了死者陰道呢？」

鄭大姐說：「也只能這樣解釋了。」

DNA鑑定室的小吳此時走進了辦公室，說：「鄭科長，DNA檢驗結果出來了，經比對，死者體內檢出精斑，不過，確證不是孔祥威所留。」

4

「什麼？」我大吃一驚，這樣的結果實在出乎了我的意料，「那……那會是誰？」

「目前不知道。」小吳說，「確定不是孔祥威、孔晉國的，能不能找出其他犯罪嫌疑人，這個還不好說，目前正在比對資料中。」

我昏昏沉沉地和大寶一起回到了專案小組辦公室。此時夜幕已經降臨，但專案會議還沒有開始，師父一人在電腦前瀏覽著案發現場和屍體的照片。

「師父，精斑居然不是孔祥威的，也不是孔晉國的。」我垂頭喪氣地說。

師父抬眼瞥了一下我們，說：「我早說嘛，我心裡就是有個疑問。」

我見師父聽到這消息並不驚訝，急忙問道：「可是我覺得我們的分析沒有錯啊，案發現場應該是夫妻吵架才會出現的情況，摔東西洩憤不是嗎？」

「我很贊同你的分析。」師父說，「但是即便現場有夫妻吵架的跡象，也不能就此推斷小玲就是被她丈夫殺死的。」

我點點頭，說：「按理說沒錯，但是冷氣機導流板被打落在枕頭上後，並沒有被收拾拿走。加上死者體內有大量精液存在，顯然小玲被強姦以後，直接就被扼死了，屍體沒有被移動。這說明夫妻吵架後到小玲被殺之間的時間並沒有多久。」

我頓了頓，接著說：「關鍵是小玲身上沒有威逼傷，一個殺人兇手可以在被害人丈夫在家的時候，三更半夜進入室內，強姦殺死被害人嗎？這說不通啊！」

「你這假設就錯了。」師父說，「精液的主人和小玲發生性關係的時候，孔祥威肯定不在場。我覺得你推論半天，有點兒陷入死胡同了。」

我點點頭，確實覺得自己的思路亂了。

師父說：「現在我們知道的是：一、小玲很有可能和丈夫發生了爭吵；二、小玲被人扼死；三、小玲和一個陌生男人發生了性關係……」

師父喝了口水接著說：「那麼就有兩種情況：一是小玲有姘夫，被孔祥威發現，孔祥威殺了小玲。」

「不可能！」我打斷了師父的分析，「如果是這樣，那麼只會出現兩種情況：一是捉姦在床，二是奸夫走後孔祥威才回來。這樣一來小玲的身體姿勢肯定會有變化，看見丈夫回來，總不會一直躺那兒吧？那她體內就不可能殘留大量精液，而且她的衣服不會被撕毀。還有，掉下來的冷氣機導流板就不會被小玲枕在頭下。」

「說得對，所以這一種可能排除了。」師父說，「第二種可能，就是和小玲發生性關係的人，和殺小玲的人是同一個人。」

「目前看，這種可能性很大。」我說，「畢竟衣服撕破、手腕有約束傷、性行為動作粗暴，這都像是強姦。」

師父說：「但是就像你剛才說的那樣，小玲身上沒有威逼傷，那麼兇手是怎麼在三更半夜進入一個平時非常拘謹的少婦家裡呢？而且還要先進入院門，再進入房門！」

「聽你們這樣一說……」大寶插話道，「那只剩下一種可能了，就是夫妻吵架之後，丈夫甩門離開，沒關好門，兇嫌趁機闖進去。」

我和師父都點頭表示認可，目前看來只有這一種情況能完全解釋現場情境和屍體狀況了。

「不過，如果真的是這樣，本案可能就麻煩了。」我說，「除非能在DNA資料庫裡比對到人，不然很難破案。」

「嗯……」師父沉吟道，「這樣的話，極有可能是隨機犯案，很難鎖定嫌疑人。如果要進行嫌犯側寫，除了兇嫌應是年輕力壯、是男性以外，其他的推論都沒有依據。」

「我們推論得對不對，得看孔祥威怎麼說。」我說。

話音剛落，劉世豪推門進來，說：「不早了，你們還在這裡啊，快回去休息吧。」

「不是八點半開專案會議嗎？」師父抬腕看了看手錶。

「今晚專案會議取消了。」劉世豪笑瞇瞇地說，「孔祥威被抓回來了。」

「抓？」師父問，「你們怎麼抓的？」

「晚上偵查員在巡邏的時候，看見孔祥威一個人正從村口往自己家裡走。」劉世豪說，「偵查員上去就抓住他了。」

「你們也不想想……」師父說，「如果孔祥威真殺了人，他會在這個時候回家嗎？豈不是自投羅網嗎？」

「怕是你們的『訊問』要改成『詢問』了。」我說，「剛檢驗出的結果，精液不是孔祥威的，據我們剛剛的推論，幾乎可以排除孔祥威的犯案嫌疑。」

「那你們的推測結果是……」劉世豪問。

「我們就不影響偵查審訊了，免得你心裡先入為主。」師父揮手示意要我閉嘴，說道，「你們先搞清楚孔祥威何時回家，和小玲有什麼接觸，今天一天他又去哪裡了。」

劉世豪打開筆記本，記下師父的話，轉身離去。

師父伸了個懶腰，說：「今天挺累的，早點回去休息。雖然目前推定是陌生人犯案，但是我心裡還是有個疑惑解不開，解開了，可能會對破案有幫助。」

「師父疑惑真多。」大寶堆著一臉笑說著。

我看了一眼大寶，心想你這馬屁是拍到馬腿上了，問：「什麼疑惑？」

「還沒想明白。」師父說，「明早再說。」

回到旅館，我和大寶敲了敲隔壁房間的門。開門的是這次隨行的司機，我往房間裡瞥了一眼，看見了林濤早已熟睡。

「這小子八成是累壞了。」我笑著走進房間，摸了摸林濤的腦袋，「昨晚值班，今天又跑了一天現場。看來他暫時是醒不過來了，也不知道他有沒有什麼新發現。」

司機也搖了搖頭，說：「我也不知道，他回來就倒頭睡覺，澡都沒洗。」

「那明天他豈不是要臭死人了？」我笑著和大寶回到了自己房間。

因為在DNA鑑定室外面睡了一覺，所以晚上我的精神很好。

我打開電腦，瀏覽著本案的照片，心裡琢磨著，破案應該從哪裡下手、如何側寫兇嫌，侵害目標如果沒有特定性的話，案件偵破的難度將會難上加難。

「不過這樣的案件也不少。」我心裡暗暗鼓勵自己，「我們團隊這麼優秀，總是能找出一些蛛絲馬跡，順利破案。」

「我覺得這件案子必破，就是時間的問題。」大寶也和我想著同樣的問題，「我們有兇嫌的DNA，大不了把村子裡的男人都叫來取樣，不信找不到兇手。」

「沒錯。」我點頭，說，「我們有DNA證據，有合理推論依據，不怕不破案，就是效率的問題。你看，網路上都出現各種謠言了。」

「老人少婦裸死家中，警方鎖定犯罪嫌疑人。」斗大的標題在青鄉市的網頁上很顯眼。

「看來記者們也以為孔祥威是嫌疑人。」我搖了搖頭，說，「消息不算太靈通。但這也是逼著我們盡快破案啊！」

第二天清早，師父打電話催我們起床，隨即驅車趕赴現場。車上，師父告訴我們偵查員對孔祥威的詢問結束了，並簡單把詢問得知的情況告知我們。

孔祥威被捕的時候，面露驚慌和不解，從偵查員的經驗來看，他確實不像殺人兇手。當孔祥威得知自己的妻子已經死亡後，先是驚愕，再是號啕大哭。同時失去父親和妻子的他，整整哭了一個小時，才勉強穩定住情緒，開始訴說案發當天的過程。

案發的當天上午七點，孔祥威接到了妻子小玲的電話。她的聲音裡充滿了驚恐，講話結結巴巴，大致表達的意思就是早晨發現躺在病床上的公公沒氣了，身體都僵硬了。孔祥威從小是父親一個人拉拔長大的，一聽到這個消息，懷疑是妻子沒有照顧好父親，甚至是故意害死了父親，於是要求小玲不准動屍體分毫，老老實實待在家裡，自己立即買了火車票趕回青鄉。

孔祥威回到青鄉，已經是晚上九點鐘了。在父親的屍體旁慟哭了一會兒後，突然注意到了床頭櫃上的注射筒。他當下認為是小玲故意害死了自己的父親，於是就打了小玲兩個耳光。但這次小玲的情緒反應非常激烈，自稱半年以來，自己盡心盡力照顧公公，到頭來卻要擔上這麼個罪名，心裡很是不平，甚至扯斷了電話線，摔電話出氣，一不小心還砸壞了冷氣。看到妻子的激烈反應，孔祥威頓時覺得心虛，但是怒氣依舊無法平息，於是甩門而出。到家附近的網咖混了一夜，冷靜後想明白了可能真的是冤枉自己的美麗妻子。至於今天一整天，他都在市區的禮儀公司裡諮詢殯葬事宜。

「孔祥威今天一天到處諮詢殯葬事宜。」師父說，「這個都查證過了。」

「那他甩門走的時候，門關好了沒？」我問。

「孔祥威自稱是記不清了。」師父說。

「看來，又被我們料中了。」我說，「還真的是有人趁機闖入。」

複勘現場是法醫的一項重要工作，就像是答題答不上來，過一段時間再看，可能問題就迎刃而解了。

到現場後，我發現林濤和青鄉市公安局的鑑識人員們早已在現場。

「看來這小子昨晚是睡飽了。」我笑著向圍在現場右側臥室床邊的鑑識人員們走去。

林濤神采奕奕地拿著一支多波域光源，往床上照射。

「有發現嗎？」我問。

林濤點點頭，說：「有。你先看看女死者穿的鞋子。」

我低頭望去，床邊地上整齊地擺放著一雙女用涼鞋。涼鞋的鞋底和側面沾有淡淡的黃泥巴。

「這鞋子怎麼了？」我問，「案發前一天好像曾下雨，她若在院子裡的菜圃上工作的話，肯定會沾上泥巴。」

「你再看看床上的痕跡。」林濤指了指床上的涼席中央。

師父也湊過頭來看，說：「不用特殊光源看還真看不到，這是蹬擦痕跡吧？」

林濤說：「是的，昨晚就發現了，但不能確定，早上又來仔細看了看，而且已取樣回去用顯微鏡比對。可以肯定這是蹬擦痕跡，而且是這雙涼鞋所留。」

「如果是這樣……」師父臉上洋溢出自信的微笑，「我心裡的疑惑就解開一半了。」

5

「究竟是什麼疑惑？」我的好奇心又被師父吊了起來。

師父戴上手套，從物證箱中拿出小玲生前穿著的衣服：一條白色的連身睡衣和一條白色短褲，都已經被完全撕碎了。

「床上有小玲穿鞋蹬擦的痕跡，對吧？」師父說。

我回答：「是啊。」

師父說：「這表示了什麼？」

我想了一下，說：「我知道了，您的意思是小玲被侵犯的時候是穿著鞋的。」

「正是！」師父說，「她是穿著鞋被按在床上侵犯，但是為什麼鞋子後來會整齊地擺放在床邊呢？」

「兇手為了脫她衣服，所以脫了她的鞋子？」我說。

「你覺得衣服已經被撕成了這樣，還需要脫鞋子嗎？」師父抖開已經被撕裂的衣服說。

我點了點頭，說：「嗯，即便是沒有撕碎衣物，脫這樣的衣服也不需要脫鞋子。」

「你對脫衣服很有研究啊！」大寶在一旁調侃。

「嚴肅一點！」師父瞪了大寶一眼，「既然不需要脫鞋子就能完成整個強姦殺人的過程，那麼兇手為什麼還要脫死者的鞋子？」

「而且死者身上的抵抗傷並不太多。」我拿起涼鞋看了看，說，「這種老式的鞋子直接脫還不太好脫，鞋子的扣子是打開的，表示兇手是先解開鞋子扣子，再脫下鞋子。但如果這樣，兇手就沒有其餘的手去控制死者。」

「兇手脫鞋的時候，死者應該已經喪失了抵抗能力。」大寶說。

我點點頭，說：「強姦造成的損傷是有明顯生理反應的，可見兇手是完成了強姦、殺人行為以後，才去脫死者的鞋子，這確實是一個比較奇怪的行為。」

「所以我說疑惑只解開了一半。」師父說，「走！去殯儀館，複驗屍體。」

車上，我忍不住問師父：「我們檢驗屍體的時候，並沒有在死者的腳上發現什麼痕跡、損傷，而且昨天晚上我還仔細看過了照片，死者的腳並沒有什麼異常。」

「別急。」師父擺了擺手，「如果是輕微損傷，可能不那麼容易被發現。但是屍體經過冷凍以後，可能會顯現這些細微損傷。」

我點頭認可。確實在很多案例中，都是在冷凍後，發現了屍體上原先並沒有被發現的損傷。在《中國法醫學雜誌》上也曾刊登過〈利用冷凍顯現屍體損傷〉的論文。

一路無語，我們很快來到了殯儀館停屍間。

在滿耳的冰箱壓縮機轟鳴聲中，我們找到了停放小玲的屍櫃。屍體剛被拉出來，我們都同時注意到了小玲腳趾部位。

「居然真的有傷痕！」我驚訝地喊道。

「第一次驗屍，我們就該發現的。」師父戴上手套，用止血鉗刮擦著損傷位置，「有輕微的表皮剝脫，可是初次驗屍時因為和周邊皮膚顏色相同，所以沒有發現。」

我用止血鉗夾起一個酒精棉球擦拭著損傷部位，幾處微小的表皮剝脫逐漸顯現出來。

「這是瀕死期的損傷啊。」我說，「有表皮剝脫，但是沒有明顯的出血跡象，只有極其輕微的皮下出血，屬於瀕死期損傷特徵[6]。」

「那就說明我們推斷正確了。」師父說，「小玲在被扼頸窒息死亡後，身體細胞仍處於短暫的存活期。兇手就在這個時候脫下小玲的鞋子，在她的腳上形成了這樣的損傷。你們看看，致傷工具是什麼？」

「多處損傷整齊排列，單個損傷長不足零點五公分，寬不足一釐米。」我的脊樑突然涼了一下，「是齒痕！」

「強姦殺人以後，咬她的腳？」大寶瞪大了眼睛。

「沒見過吧？」師父說，「我也很少見到，是戀足癖。」

6 瀕死期的損傷指的是人已處於腦死亡的階段，但此時部分組織細胞還沒有死亡，所以會呈現出少量的生前損傷特徵。

「可是我聽說戀足癖是只對腳有興趣，對其他部位是沒興趣的。」我說，「這個案子有強姦行為啊！」

「你說得對。」師父說，「不過性變態心理會因為個體差異而出現多種多樣，有的戀足癖也會和別人發生性行為，有的戀童癖、戀屍癖也會和正常人發生性行為。這一種戀足癖，想必是在強姦後並不能完全得到性滿足，還要透過戀足來繼續獲得性快感。」

師父頓了頓，轉頭對林濤說：「我看這個損傷有可能取得牙模，和DNA一樣能作為證據使用。」

林濤點了點頭，轉身拿出電話通知市警局鑑識同仁攜帶採取牙模的工具盡快到殯儀館來。

專案小組裡，師父公布了我們之前的所有工作，並設定了偵查範圍。

「顯而易見，這是一起偷闖民宅後強姦殺人的案件。兇手應該是一名性心理變態患者，更詳細地說，是一名戀足癖患者。這樣的人，平時會喜歡看別人的腳，喜歡別人的襪子，甚至希望別人來踩踏他。至於偵查範圍，應該鎖定在附近村落。」

「為什麼不是本村的人所為？」劉世豪問出了我的心聲。

「要說原因，尚不是很充足。」師父說，「可能是我的直覺吧！我覺得如果是同村的人，想強姦總會找到機會，比如白天小玲出門、回家的時候。如果是外地人，過常在本村停留，就會引起村民的注意，那麼他就只會在夜間尋找機會。我們知道，小玲為人內向拘謹，夜裡都是緊鎖門窗的。相對於因為孔祥威的一次疏忽，就被兇手『湊巧』抓住機會的觀點，我更願意相信是兇手晚上『經常』在現場附近徘徊，才遇上了這個機會。」

「那好吧。」劉世豪說，「重點放在調查鄰村、夜間會經過案發現場或是經常在現場附近徘徊而可能有戀足癖的青壯年男性。同時一部分警力調查本村的人。有了戀足癖這個線索，我相信我們的破案機會很高。有DNA作為證據，不怕兇嫌不認罪。」

「我有個線索。」一名轄區派出所警員舉手說。

「說！」師父眼裡閃爍著希望的光芒。

「本所半年前處理過一樁青少年的個案，是案發現場隔壁村的人。」該警員說，「因為有人抓到他正在偷女性內衣，而被當作色狼扭送到派出所。當時我還在奇怪，繳獲的贓物裡，除了女人的內衣，還有襪子。」

「青少年？有多小？」師父問。

「十五歲。」

「不太可能吧？」劉世豪說，「現在小孩都這麼早熟？」

師父看了劉世豪一眼，說：「怎麼不可能！如果不計劃生育，三十歲當爺爺也很正常。十五歲，完全可以具備性能力。」

「我覺得很有可能。」我說，「死者身上的約束傷不重，甚至涼席上還有大面積的蹬擦痕跡，表示兇手的約束能力有限。如果是身強力壯的男人，約束傷會重很多。」

「看來，這個小孩不僅有戀足癖，還有戀物癖啊！」師父默認了我的觀點，「這個孩子的家庭背景如何？有晚上離家出門的情形嗎？」

「有。」該警員說，「他從小父母都不在身邊，是爺爺奶奶帶大的。奶奶前兩年死了，爺爺也沒能力管他，天天翹課，在外遊蕩。」

「抓人！」劉世豪重重拍了一下桌子。

師父帶著我、大寶和林濤一起坐在審訊室隔壁的監控室裡，看著電腦螢幕裡那個正在接受審訊的眉清目秀的男孩。

因為DNA和牙模都比對無誤，偵查員有了信心。沒過幾個回合，在偵查員步步緊逼的攻勢下，男孩就敗下陣來。

「我沒想要殺死她。」男孩在抽泣，「我一直喜歡她，喜歡了好久，可是她不認識我。」

「你怎麼會喜歡她？」偵查員說，「你經常見到她嗎？」

「這幾個月來，我一想她，就會爬牆翻到她家院子裡，隔著鐵窗，從窗簾縫裡看她，她的腳好美，真的好美。」

師父看了一眼林濤，林濤會意，說：「如果在牆頭找到他的翻牆跡證，就更是鐵證如山了，我現在就去翻牆頭。」說完，林濤拎著箱子走了。

「說一說那天晚上的事情吧。」偵查員說。

「那天晚上，我在網咖上網，上著上著就想起她了，於是我就溜到了她家附近。」男孩說。

「沒想到她家的院門是虛掩著的，我心想這次不用翻牆了，我就走了進去。」男孩擦了一下眼淚，接著說，「走進去以後，我從窗戶裡看見她正靠在床頭哭，我心裡一軟，就推了一下她家的門，沒想到就這麼推開了。我走進去想安慰她，豈知她看見我就大聲喊叫，還拿一旁的掃帚打我。她越這樣我就越興奮，於是我就把她按倒在床上，捂住她的嘴，掐她的脖子。」

「你是想強姦她嗎？」偵查員問。

「開始不是，開始只是想讓她別叫。」男孩說，「可是當我感覺到她的腳不停地踢到我的小腿時，我就控制不住自己了，於是就……」

師父拍了拍正緊握著拳頭的我的肩膀，站起身來打開監控室的大門，「走吧，後面不用聽了，和我們分析的一樣。我知道你最恨強姦犯。」

我也站起身來，狠狠地看了一眼監控螢幕裡這個男孩，搖了搖頭，和大寶一起走出了監控室。

「案件破了，你們就沒什麼感言嗎？」師父說。

「那個……師父好厲害。」大寶拍起馬屁。

「我是說對這次事件有什麼感想。」師父又瞪了大寶一眼。

大寶說：「哦，那個……那個……要關注失親兒童的心理狀況。」

「十五歲，判刑不會多重，只希望他的這種性心理障礙能夠得到治療。」師父轉過頭來看著我，「你看呢？我知道你是不會同情強姦犯的。」

我點點頭，故作深沉地說：「原來美麗也會引發罪惡。」

第5案

無臉天使

人類是唯一會臉紅的動物，或是唯一該臉紅的動物。

——馬克・吐溫（Mark Twain）

1

對於法醫來說，只要是工作上的事情就沒有什麼好事。不是有人受傷，就是有人去世，所以我們總會期盼自己能夠閒一些，法醫閒了，也就天下太平了。

但在這個特別的夏天裡，法醫科卻迎來了一件工作上的好事，這讓全科人興奮不已。

李大寶終於不負眾望，通過了遴選考試，從十七個入圍的基層法醫中脫穎而出。公告期過去後，李大寶也就名正言順地成為了省廳法醫科的一份子。

省廳法醫科是刑事鑑識中心技術部門中最為繁忙的一個科室，能夠多一名獨當一面的法醫，是一樁令人高興的事。而李大寶的女朋友也在合肥工作，所以對他來說能夠調來省廳當然也是好事一樁。雙喜臨門，只有通過喝酒來慶祝啦！

這頓酒，理應是李大寶請客，也理應是他喝得最多，所以當熱炒店的小菜被我們吃了十幾盤，啤酒也被我們喝了好幾手之後，李大寶興奮的心情充分表現了出來，他推了推臉上的眼鏡，揉了揉通紅的臉，說：「那個……走，K歌去！」

法醫科都是些年輕人，K起歌來一個比一個厲害。看著「麥霸」們輪番上陣，我借著酒意靠在沙發上拿出手機和鈴鐺聊起了Line。大寶不知什麼時候已經倒在我身邊的沙發上，醉得不省人事，睡得鼾聲大作。

拿在手中的手機突然震動起來，螢幕上顯現出「師父」兩字。

我全身的汗毛都豎了起來，心想不會又有什麼大案件吧，這都快十二點了，難不成要連夜出發？可是我喝了酒，按照規定，是不能再去出勘現場的，而且法醫科的兄弟們都喝了酒，怎麼辦呢？還好省廳沒有科室值班制度，不然我們就犯戒了。

我連忙起身找了個安靜的地方，接通了電話。

「怎麼那麼吵？你在幹什麼？」師父的聲音。

「在……在唱歌。」

「怎麼你們電話都沒人接？」師父問。我心想，都在嚎呢，誰聽得見電話鈴聲！

「哦，今晚科裡聚會。」

「別鬧了，都趕緊回家，明早你們派人出勘現場。」

我的心總算放回了肚子裡，只要給我們休息的時間，出勘現場而已，不怕。

「好的，我們馬上結束，明天是什麼樣的現場，我和大寶去，保證完成任務。」我放下了心，拍著胸脯說。

「車禍。」師父簡明扼要。

「車禍？車禍也要我們去？」雖然我們是物證鑑定部門，但是刑事鑑定多是為刑事案件服務，所以我們也經常以刑警自居，交通案件也需要我們涉足？我不是很理解。

「怎麼了？有意見啊？我們是為全警服務的，傷情鑑定不涉及治安嗎？毒物檢驗不涉及禁令嗎？檔案檢查不涉及經濟偵查嗎？」師父對我的自我設限感到憤怒，連珠炮似地教育我。

「知道了，那明天我去。」既然拍了胸脯，我也只有悻悻然應承了下來。

掛了電話，我就開始收拾隨身物品，打發大家回家了。此時的大寶，已經處於半醉半醒狀態，自己蹣跚著走出了KTV大門。

計程車上，科裡幾個人都好奇地問我明天的案件細節。

「具體情況我也不清楚。」我說，「聽師父說，在丹北縣的一條偏僻公路上發生了一起交通事故，死了一個人。」

「交通事故都要我們跑，豈不是要跑斷腿了？」蕭法醫說。

「我猜，是高層交代的案件。」我說。

「哪有剛發生事情高層就來關切的？」蕭法醫說。

「說不定是家屬心中疑點很大，所以就找了民意代表之類的。」我說。

此時，大寶突然昂起頭，推了推眼鏡，瞪著我。

我嚇了一跳，說：「怎麼了？看著我幹嘛？」

大寶顫巍巍從口袋裡拿出了一支麥克風，舉到我的嘴邊，說：「來，秦科長，唱一首。」

我大驚失色，「你到底是真醉假醉啊，人家的麥克風你都偷！司機，麻煩掉頭，回去剛才KTV，我們要把麥克風還給人家。」

第二天早晨，我已經完全醒了酒，精神抖擻地坐上了公務車。等了十幾分鐘，才看見大寶騎著機車歪歪扭扭地駛進鑑識中心大門。

看著大寶疲憊的眼神，我知道他昨晚是真的喝過了量。

「你行不行？」我問，「不行就別去了，我和蕭哥去。」

大寶搖搖頭，說：「這是我正式來省廳上班後第一個案子，不僅要去，還必須成功。」

「你看你那樣。」我笑著說，「昨晚還偷人家麥克風。」

大寶搖頭表示否認，「反正我喝多了啥都記不清了，你怎麼汙衊我都可以。」

「有好多證人，你想賴就行了嗎？」我笑得前仰後合。

嘲笑了大寶一番，我們不知不覺就來到了丹北縣。丹北是雲泰市轄區的一個縣，位於雲泰的最北邊，是一級貧困縣市。車子離開縣城，進入周邊的郊區，兩邊的房屋顯得破破爛爛的，路況也變得越來越不好，車子顛簸了半個小時，顛得大寶連連作嘔。終於車子在一條看起來還不錯的石子路邊停了下來，雲泰市公安局的黃石永分隊長已經等在路邊，走過來和我們親切地握了握手，上次超市女老闆被殺案件之後，我們倆有一陣子沒見面了。

「分隊隊長都來了，是什麼大案件啊？」我笑著說。

「昨天下午，一個小女孩被人發現死在這條路上，縣局的法醫初步判定的結果是交通事故造成的。」黃石永說，「可是交警部門認為這不是一起交通事故，因為有爭議，所以覺得還是請你們過來，不能放過一個壞人，不能冤枉一個好人嘛！」

我走到路中間，左右看了看，說：「交通事故現場，我們不擅長這個啊，交警事故科的同仁怎麼說？」

「交警勘察了路面，覺得很奇怪，因為現場沒有任何剎車痕跡。」黃石永說，「但法醫認為屍表的損傷符合交通事故損傷的特點。」

「也就是說，現場情況和驗屍結果有了矛盾。」我皺起眉頭。

黃石永說：「是啊，交通事故的現場，尤其是撞死人的現場，一般應該是會有剎車痕跡的。」

我點了點頭，說：「車撞人有兩種情況，一是駕駛員看到人突然出現，下意識地剎了車，但仍然由於種種原因撞到了人；另一種情況是駕駛員在撞人前並沒有看到人，但撞上之後會下意識地踩剎車查看情況。這兩種情況，無論哪種都會留下剎車痕。」

黃石永說：「是啊，尤其是這種摩擦力大的石子路面，更應該留下痕跡。」

我站在石子路的中央，四下張望。這是村與村之間相通的一條公路，位置很偏僻，我們站著的這段時間裡，沒有任何車子經過。派出所警員告訴我們這裡的車流量一直都很小，交通事故更是罕見。

道路的正中央，醒目地用粉筆畫著一個人形的輪廓，應該就是當時小女孩的屍體所處的位置。

「什麼時候發生的事情？」我問。

「昨天下午六點，農忙歸來的村民發現的。」

丹北縣的法醫負責人是一名女醫師，姓洪，也是我的學姐。女法醫在哪兒都是稀有動物，跑現場的女法醫更是鳳毛麟角。洪學姐接著補充道：「我們是六點半趕到的，根據屍體溫度的情況，判斷應該死亡兩個小時左右。」

我低頭思考了一下，說：「這事確實很蹊蹺。」

黃石永很敏感，伸過頭來聽我發表意見。

我看了看道路的四周，說：「小女孩的死亡是下午四點多發生的事情，你看這邊的道路視野很開闊，確實不容易發生交通事故。」

大寶點點頭，壓抑著宿醉的難受，咽了一口口水道：「下午四點多，天色還很亮，駕駛者應能很清楚地看見路面的情況，行人也很容易看到兩邊的來車。」

我說：「沒錯，奇怪的是死者陳屍於路面正中間，除非是橫穿馬路，不然不會在路中間被撞。這麼好的視野、這麼筆直的路面，確實很難發生這種意外。」

洪學姐若有所思，說：「那你們的意思是說，這是一起殺人棄屍案，偽裝成了交通事故？」

我點點頭，說：「兩年前，在洋宮縣就發生了一起類似案件[1]，當時所有人都認為是交通事故，但是我們經過損傷分析，發現那是一起兇殺案件。」

「真的有偽裝成交通事故的案件啊！」洪學姐嘆道。

「我覺得這起案件可能和那起很相似。」大寶說，「說不定真的有隱情。」

「那也不能有先入為主的想法，還要看證據。」我說，「學姐，現場還有什麼物證嗎？」

「死者呈俯臥姿勢，穿了一件後背有一排鈕扣的藍色T恤。她的後背破了一個洞，我們在附近的地面上發現了一枚散落的鈕扣。其他就沒有什麼物證了。」

洪學姐一邊說，一邊從物證盒中拿出一只透明塑膠材質的物證袋，裡面裝著一枚金色的鈕扣，鈕扣中間的小孔裡還殘留著幾絲藍色的絲線。

我戴上手套，拿過物證袋，仔細觀察著鈕扣。隨著我的輕輕搖晃，鈕扣從物證袋的一端滾動到了另一端，中央的藍色絲線也從小孔裡掉落出了一根。

我拿起放大鏡，凝視著鈕扣中央的線頭，腦子裡突然一陣困惑。

「奇怪了！」我皺眉道，「這樣看來，又像是一起交通事故了。」

「是啊。」大寶也湊過頭來說，「如果是偽裝成交通事故的話，棄屍的時候哪裡還會記得

1 見《鬼手佛心》中「死亡騎士」一案。

把鈕扣帶到現場啊，那兇嫌的心思也太縝密了。」

「不僅如此……」我補充道，「鈕扣中間的絲線還保留著，說明這個鈕扣掉落之後就沒有再被移動過，不然絲線會自然脫落。」

「如果行兇的地點就是在這裡呢？」黃石永說。

我點點頭，說：「現場的線索也只有這些了，檢驗完屍體或許就能找到關鍵。」

2

一級貧困縣自然沒有像樣的屍體解剖室，就連殯儀館也是陳舊不堪。走進停屍間就能聞到一股刺鼻的味道，可見冰櫃的效能也令人不敢恭維。環境陰森也就罷了，那種夾雜著腐臭和骨灰味道的氣息不斷地刺激著人的嗅覺神經，對正常人來說，在這兒多待一分鐘都是一種莫大的煎熬。

我們來到保存小女孩屍體的水晶棺前，說是水晶棺，其實也就是蓋著一個透明塑膠罩的敞開式冰櫃而已。打開塑膠罩，瘦削的女屍便一覽無遺。這個死者應該還沒有發育完全，身高只有一百五十公分左右，看起來弱不禁風。

一眼望去，最令人怵目驚心的，便是她那不成人樣的臉龐。左臉的皮膚已經蕩然無存，綻開鮮紅的血肉，左眼的眼瞼也已經倒翻過來，露出陰森森的蒼白結膜。但即便是這樣，還是難掩她右半邊臉龐的清秀。右臉的皮膚雖然失去了血色，卻更顯得白皙動人。

這一半天使、一半魔鬼的臉龐，震懾著在場所有人。

我在心中輕輕嘆息了一聲。

「這麼嚴重的擦傷，不是交通事故難以形成啊！」洪學姐急於證明她判斷的準確性。

我擺了擺手示意洪學姐不要過早下結論，然後穿上解剖服，和大寶一起把小女孩的屍體抬上了一輛推車。

「那個……咱們出去看吧，這裡的味道太濃了。」宿醉的大寶一邊做乾嘔狀，一邊說。

我看了看窗外的烈日，轉回身來揉了揉鼻子，覺得炎熱比屍臭更容易忍耐，於是點頭應允。

解剖服密不透風，在外面沒站多久，我們就已經汗流浹背了，但太陽底下的光線很充足，所有細微的損傷都能清晰觀察到。

「死者左側面部擦挫傷，左下頜骨皮膚挫裂傷伴隨下頜骨完全性骨折。」大寶一邊檢查屍表，一邊述說，洪學姐在一旁奮筆疾書。

「這是典型的磕碰傷，而且是和地面形成的磕碰傷。」我用止血鉗從屍體下頜部挫裂傷口伸進去，探查著下頜骨骨折的損傷情況，「應該是下頜骨先著地，然後左側面部和地面擦挫。」

「兩側前肋多發性肋骨骨折。」大寶按壓了一下屍體的胸前，繼續說。

「不知道骨折形態怎麼樣，又不能隨便解剖。」我說。

大寶沿著從上到下的順序，正開始檢查小女孩的雙手，「先看完屍表再說，她的雙手掌擦挫傷，上臂內側擦挫傷。」大寶說到這裡，頓了一頓，「這都符合以一定的速度和地面接觸、擦挫形成的損傷。」

我點點頭，說：「嗯，這麼嚴重的擦挫傷，可見落地速度不慢。」

「她的足尖也有擦傷。」大寶脫下小女孩的涼鞋，看了看足背，「足背也有，左側大拇指趾甲也有擦傷痕跡。」

「上重下輕，符合頭胸先著地的過程。」我翻開小女孩右眼的眼瞼，「看起來這個小孩的黑眼圈很嚴重。」

黑眼圈指的是眼瞼周圍有明顯的瘀血、瘀青現象，排除眼部受傷，最大的可能就是顱底骨折了。

我拿起止血鉗，輕輕敲了敲小女孩的天靈蓋，頭顱發出「噗」、「噗」像是破罐子的聲音。叩聽「破罐音」是通過屍表檢驗確定顱底骨折的方法之一。

「看來頭部也受傷了，可是頭髮這麼長，看不到傷口。」我撥開屍體的長髮，希望能窺見頭皮上的損傷，可是這個孩子的頭髮長得太茂密了。

「那個……也不能剃頭髮。」大寶說，「目前看來，這樣的損傷完全符合交通事故損傷的特點。」

我點點頭說：「是啊，擦傷嚴重，軀體損傷外輕內重，損傷集中在身體一側。而且這麼嚴重的擦傷，也只有以非常快的速度和地面擦挫才能形成，這不可能是人為形成的。」

「如果沒有發現可能是刑事案件的證據，只是一起交通事故的話……」大寶說，「那麼未經過家屬允許是不能解剖屍體的，連剃頭髮也不行。」

我蹲下來，在盆裡洗了洗手套表面附著的泥，說：「脫了衣服，看看能不能發現其他什麼線索。」

剛才查看小女孩的牙齒磨損程度時，我們推論她不會超過十四歲，但是從身體看，她發育得非常成熟。我們小心地除去了小女孩的衣物，開始分工檢查，我檢驗衣服，大寶檢驗屍表。

小女孩上身穿的是一件藍色T恤，後背有一個破洞，應該是被凸起的硬物刮擦所致，屍體對應的部位也有個輕微的擦傷。這說明外力的方向與小女孩身體的豎直方向是平行的，所以衣服損傷重，屍體損傷輕。

女孩下身穿的是一條破舊的牛仔褲，看不出來是因為條件艱苦還是因為趕時髦。除去T恤和牛仔褲上方向明顯的擦蹭痕跡以外，她的胸罩和內褲都是完好無損的。

「陰道乾燥無損傷，處女膜陳舊性破裂。」我在檢驗衣物的時候聽見大寶報述，搖了搖頭，感嘆現在孩子的性早熟。

檢驗了約一個半小時，我和大寶早已全身溼透，彷彿能聞見自己被烤焦的味道。

「差不多了。」大寶說，「從損傷看，的確是交通事故的特點，沒有什麼好爭議的，看來我們學姐的結論是對的。」

洪學姐露出釋然的笑容。

「說不定駕駛者和你一樣喝多了，偷了人家的麥克風開車就跑，所以連剎車都不會了。」我一邊調侃著大寶，一邊拿起小女孩的左手，前前後後觀察。

大寶白了我一眼，笑著向參與驗屍的同行們解釋這個糗事。

「等等！這是什麼傷？」我忽然驚呼了一聲。

剛才放鬆下來的氣氛，頓時變得嚴肅起來。大家紛紛湊過頭來，看著我止血鉗指向的地方。在小女孩右手的虎口背側，我發現了十幾處密集的小損傷。因為與上臂、手掌的擦傷交錯覆蓋，之前我們並沒有注意到這些形態獨特的損傷。但如果仔細觀察，就能發現其實它們和其餘地方的擦傷並不相同。

這十幾個方向一致、半月形的小挫傷，即便不是專業人員，也能夠一眼認出這是指甲印。

「指甲印啊……」大寶說，「這能說明什麼啊？需要這麼驚訝嗎？」

「不！」我搖了搖頭，一臉神祕，「這恐怕透露著大問題。」

我看著大家疑惑不解的眼神，笑著說：「你們看，這些指甲印都破壞了皮膚結構，方向是朝內側的，這樣的傷口自己是不可能形成的。而且，你們仔細看，這些傷口都沒有任何結痂的跡象。」

「明白了！」大寶一副恍然大悟的模樣，「這就意味著，從形成這些損傷到小女孩死亡，時間非常短暫。不然在這麼乾燥的天氣裡，傷口很快會結痂了。」

「可惜沒有這方面的研究。」我說，「不能藉由這個來判斷準確的時間。根據經驗，我可以肯定是在半個小時之內。」

「半個小時？」洪學姐思忖著，說，「那就很可疑了，受傷半小時就死亡，雖然這樣的損傷和她的死亡沒有什麼直接的關係，但是至少可以推斷傷害她的人很有可能知道她是怎麼死的。」

「是的。」我說，「雖然我們還沒有證據證明這是一起刑事案件，但是至少可以知道死者死亡之前和別人發生過爭執，若剪下死者的指甲，說不定能發現那個人的DNA。」

「那現在還是不能解剖嗎？」大寶可能是感覺到自己手中的解剖刀嗡嗡作響。

我雖然能體會到一名法醫在發現疑點後又不能徹查清楚時的情緒，但還是瞪了大寶一眼，說：「先找屍源，再說別的話，屍體又不會跑掉。」

我和大寶收拾好解剖器械，脫掉解剖服，坐上公務車，準備簡單吃點午飯，然後就到派出所去看看有沒有什麼新的發現。

「十三、四歲的女孩，穿的還是那麼有特徵的衣服，我覺得屍源應該不會難找吧。」大寶說。

我點了點頭，說：「嗯，都過一晚上了，我想我們到了派出所就能聽到好消息了。」

好消息比我想像中來得快，剛吃了一口麵條，電話就響起，是黃石永。

「找到了。」黃石永說，「這個小女孩是當地國二的學生，剛滿十四歲，叫唐玉嬌。她的父親早亡，母親在附近找了臨時工的工作，平時很少管教她。昨天中午唐玉嬌和母親一起吃飯，下午就沒見到人了。因為唐玉嬌經常以住校為由不回家，所以她母親也沒在意。今天偵查員挨家挨戶去核對衣服特徵時，才確定死者就是唐玉嬌。」

「找到了就是好事。」我咀嚼著嘴裡的麵條，說，「現在，一是要趕緊搞清楚唐玉嬌生前的人際關係，二是要爭取她母親的同意，讓我們解剖屍體。」

「好吧，我們現在就分頭進行。」黃石永說。

屍源查到了，就可以進一步檢驗屍體，離真相也就越來越近了。我們這一頓飯吃得非常香，一吃完，便迫不及待趕到了派出所。我剛推開會議室的大門，就聽見裡面傳來一陣中年婦女的刺耳的聲音。

「你們憑什麼解剖我女兒？女兒是我生的，我沒有決定權嗎？我要求火化，必須火化！」

3

大寶在我身後戳了我一下，小聲說：「那個……屍體要跑掉了。」

我皺起眉頭，走進了會議室。

「妳當然有權利。」黃石永紅著臉說，「我們只是在徵求妳的意見，希望妳能配合。」

「我為何要配合！」唐玉嬌的母親抹著眼淚說，「我知道我女兒是被車撞死的，她死了還要遭罪，我不忍心啊！」

「如果妳女兒是冤死的……」我插話，「那她才是在遭罪。」

唐玉嬌的母親完全沒有注意我是什麼時候走進來的，她驚訝地轉過頭，淚眼婆娑地看著我，說：「怎麼會是冤死呢？去那條路上看過的人都說我女兒是被車撞死的……」

「我也沒有否認妳女兒是被車撞死的。」我說，「但是我們看到了一些奇怪的現象，覺得這件事情裡可能另有一些隱情，所以我們想為唐玉嬌查清真相。」

聽到「隱情」兩個字，唐玉嬌母親的嘴角突然抽搐了一下，她抹開眼淚說：「沒隱情，怎麼會有隱情，唐玉嬌很乖的，沒做過壞事，沒隱情，真的沒隱情。」

「妳看，這大熱天的，我們也不想在外面做苦工。」我勸說道，「但是既然發現了疑點，我們就必須解開疑點，不然別說我們不甘心，妳女兒死了也不能瞑目啊！」

「妳就不怕妳女兒死後來找妳算帳嗎？」主辦偵查員這時走進了會議室，重重地將一本卷宗摔在桌子上，怒目瞪著唐玉嬌的母親。

唐玉嬌的母親顯然是被這陣勢嚇著了，低下頭擺弄著衣角，嘟嘟囔囔地說：「你們這是幹嘛呀？」

「妳不希望我們徹查事情的原委，究竟是什麼原因，妳自己心裡清楚，我不多說。」偵查員冷冷地說，「但是我相信妳女兒的死，妳也是搞不清原因的。妳只是一味地想遮掩家醜，妳有沒有站在妳女兒的角度考慮？」

唐玉嬌的母親突然淚如雨下，哭得身體都抽搐起來。我好奇地望著偵查員，不知他意指何事。

偵查員彷彿不情願當面拆穿些什麼，就這樣一直冷冷地瞪著唐玉嬌的母親。

直到哭得身子都軟了，她才默默地癱坐在桌前，拿起筆在屍體解剖通知書上簽了字，一邊擦著眼淚，一邊轉身離開了會議室。

「你們這是幹什麼？」我見唐玉嬌母親無聲無息地下樓，離開了派出所，有些於心不忍，忍不住問道，「她已經夠可憐的了，往後的日子都要一個人過了，你們還這麼兇她幹什麼？」

「是她自己造的孽。」偵查員翻開檔案，說，「我們已經掌握了充分的證據，得知這個女人強迫自己的女兒和人進行性交易。」

「性交易？」我大吃一驚。

「正是，我們有幾個證人的證詞，證明去年唐玉嬌和本地富商許亞君進行了性交易，據說小女孩自己是不願意的，但是她媽媽強迫她非去不可。每次交易完，許亞君就會給她們家一筆錢。」偵查員攤開檔案說道。

我望向窗外唐玉嬌母親已經走遠的背影，頓時一陣心涼。她剛才哭得那麼慘，卻狠得下心讓自己的親生女兒去賣身，世界上竟然真有這種只認錢不認親的狠毒角色！

「你們是怎麼調查出來的？」我說，「消息可靠嗎？」

「鐵定可靠！」偵查員點點頭，說：「是許亞君酒後自己說的，很多人都聽到了。這一帶就屬唐玉嬌長得最漂亮，很多人對這件事情非常不齒，當然這種不齒有可能是建立在嫉妒的基礎上。」

「不管怎麼說，小女孩太可憐了，現在要搞清楚她的死亡真相。」我說，「我這就去進行屍體解剖檢驗，你們去取得許亞君的資料，看看唐玉嬌的指甲裡有沒有他的ＤＮＡ，說不定唐玉嬌生前就是和他有過接觸。」

重新回到那間老舊的殯儀館，重新回到那股腐敗氣息的包圍中，我長舒一口氣，暗自鼓舞一下自己，穿上了解剖服。

剃去唐玉嬌的長髮，頭部損傷清晰地暴露在眼前。

唐玉嬌蒼白的頭皮枕部，有一處直徑十公分左右的青紫瘀痕。

「這裡有頭皮下出血。」大寶抬腕推了推眼鏡說。

我沒有吭聲，手起刀落，劃開頭皮，把頭皮前後翻了過來。

「頭皮下的出血局限於顱骨圓弧凸起部位，應該是和一個比較大的平面接觸所致。」我說。

「就是頭撞到地面啊！」大寶說。

我搖了搖頭，說：「不，不可能是地面。你還記得吧，現場是非常粗糙的石子路，地面的摩擦力很大，即便是垂直撞擊地面，也會在頭皮上留下挫裂傷。可是唐玉嬌的頭皮皮膚很完整，沒有任何擦挫傷痕跡。」

「會不會是頭髮的原因呢？」洪學姐在一旁插話。

「不會。」我說，「頭髮再多，路面上凸起的石子也會在頭皮形成痕跡，所以我覺得她的頭部損傷應該是與光滑的地面撞擊形成的。」

黃石永在一旁問道：「到底是摔跌，還是撞擊？如果是光滑的平面撞擊上去呢？」

「嗯。」我點了點頭，心想黃石永說到了重點，「摔跌是頭顱減速運動，撞擊是頭顱加速運動，這個好區分，看一看有沒有頭部對沖傷就可以知道了。」

要看對沖傷就要開顱，丹北縣的硬體設施的確很不好，連電動開顱鋸都沒有，居然還是用手工鋸來鋸顱骨。人的顱骨非常堅硬，手工鋸開要花很大的力氣，真不知道身材瘦弱的洪學姐這麼多年來是怎麼堅持下來的。

這次當然是我和大寶上陣，這把手工鋸或許是使用太多次了，並不是很鋒利，我們倆笨手笨腳地鋸了半個小時，汗如雨下，總算把顱蓋骨給取下來了。我忍不住轉頭看了一眼洪學姐，眼裡盡是欽佩。

硬腦膜剪開後，腦組織的損傷一目瞭然。唐玉嬌的枕部大腦硬腦膜下附著著一塊巨大的血腫，腦組織已經有挫碎的跡象。對應的前額部也附著了一塊相對較小的血腫，腦組織也挫傷了。我仔細看了看唐玉嬌的前額部頭皮，確認頭皮上沒有損傷，說：「是頭顱減速運動導致的對沖傷，可以確定死者的損傷是枕部摔跌在光滑平面形成的。」

此時大寶已經切開屍體的胸腹部皮膚，正檢查唐玉嬌的肋骨損傷情況，他聽我這麼一說，問道：「說來說去，不會又回到剛剛說的了吧？真的是在光滑的地方摔死，然後移屍到案發現場？」

「不會。」我說，「這麼大的硬膜下血腫，還伴有腦挫傷、顱底骨折，是很嚴重的顱腦損傷，唐玉嬌很快就會死亡，如果再移屍到案發現場，身上其他損傷就不會有生理反應。但是唐玉嬌的兩側肋骨都有多根肋骨骨折，斷端軟組織都有出血，肝脾破裂也有出血，身上皮膚擦傷都伴有出血，都是有生理反應的。」

「那你覺得肋骨骨折是怎麼形成的？」洪學姐問。

「摔的。」我說，「屍表檢驗的時候就發現死者應該是上半身俯臥著地，所以肋骨骨折也很正常，胸部皮膚也有擦傷。」

「聽你的意思，還是傾向於交通事故損傷？」大寶說。

我點點頭，說：「肝脾的破裂都位於韌帶附近，是典型的震盪傷，這種損傷，人為形成不了。」

解剖現場一時沉默下來。

我接著說：「不過，如果撞人的車輛是富商的，那就又是一種可能了。」

「怎麼確定撞人的車是他的呢?」洪學姐問。

我沒回答,用捲尺在屍體的幾個地方量了量,說:「你們看,屍體水平俯臥的時候,最高的部位是肩胛部位,約二十二公分高。」

「嗯……所以呢?那能說明什麼?」大寶一臉納悶地問。

「不要忘了,屍體背後有個摩擦過的痕跡,方向明顯而刮傷的力道很大。可能性最大的,就是車子從她身上開了過去,只是輪子沒有壓到她而已。」我比劃著,「一般轎車坐上去一個人後,底盤下移,離地面的距離約在十五公分左右,如果是轎車開過去,那底盤就得把她背後挖去一塊肉。」

「明白了!」大寶恍然大悟地說,「貧困地區的車輛本來就少,家裡有車的也都以貨車居多。貨車的底盤顯然遠遠超過二十二公分,不可能在死者背上形成一個這樣的擦傷。」

我點頭笑著說:「沒錯!背部之所以形成輕微的擦傷,表示這輛車的底盤最低點恰好就在二十二公分左右,所以既不會形成特別嚴重的損傷,也不會一點傷都沒有。」

「底盤最低點在二十二公分左右,這個高度大概是越野車了。」黃石永點著頭說,「這附近開越野車的只有富商許亞君一人,我們這就去檢查他的車。」

「咦?」大寶突然叫了一聲。

我們轉頭望去,他已經將小女孩的子宮切了下來。大寶的聲音有些異樣,「這子宮內壁……怎麼和正常的不太一樣啊……」

4

我走到大寶的身邊，他的手裡還顫巍巍地捧著那個血肉模糊的子宮。子宮上黏附著大量的黏液和猩紅色的液體，我拿起紗布擦了擦，頓時也驚出了一身冷汗。

子宮裡竟然蜷縮著一個小小的胚胎！

「她懷孕了！」看大寶的表情，他應該和我一樣驚訝。

「老天注定！」黃石永倒是很淡定，「所有對許亞君和唐玉嬌有性行為的調查，都只限於口供。口供是可以翻供的，那時候我們就沒有任何可以定許亞君罪名的證據了。」

我點了點頭，說：「嗯，如果對這個胚胎的ＤＮＡ檢驗可以確證是許亞君的孩子，他對未成年性侵的罪名想賴都賴不掉了。」

「那我們就不多說了。」黃石永說，「我先差人把檢材送去市警局ＤＮＡ鑑定室，另一方面得趕緊把許亞君的車扣押下來，看看能不能通過痕跡檢驗查出一些跡證。對了，林濤也正往這邊趕。」

我點頭，說：「好，我們這邊還要看看背部的損傷情況，結束後，我們派出所見。」

切開唐玉嬌的後背皮膚，我們又有了新的發現，她的腰部有五根腰椎的棘突和橫突同時骨折，附近的肌肉有大片的出血。

「怎麼這裡也摔著了？腰椎的位置不容易摔成這樣啊！」大寶提出了疑問。

我也沒想明白，就沒有回答，說：「先縫合吧，去看看黃石永那邊的情況。」

抵達派出所的時候，夜幕已經降臨。我發現黃石永真是個性急的人，富商許亞君已經被他抓到審訊室裡了。

「有證據了嗎？就這樣抓人來？」我在審訊室門口悄悄問黃石永。

黃石永說：「有，經過一下午的檢驗，唐玉嬌的指甲裡檢出了他的ＤＮＡ。」

「好！」我讚嘆了一聲，和黃石永一起上樓走進監控室。

監控室的電腦螢幕上，一個五十歲左右的人坐在審訊室裡，一副悠哉悠哉的樣子，但是聽不真切他和偵查員說些什麼。

「你先去休息吧。」黃石永說，「讓他們繼續審著，林濤今晚還要把嫌犯的車子吊起來檢查呢。」

我點點頭，一天的解剖工作之後，全身都散發著一種痠疼的感覺。我伸展了幾下身體，轉頭看向黃石永，問道：「對了，師兄，『雲泰案』後來不是說要盤查結紮過了的男性嗎，你們有目標了嗎？」

一提到「雲泰案」，黃石永就一臉苦相，「別提了，我們反覆盤查了很多人，也覺得某幾個人有很大嫌疑，但是實在是沒有其他的手段。」

「周邊調查也查不出什麼結果？」

「是啊，現在可能的嫌疑人幾乎都排除了。」黃石永一臉沮喪。

我低下頭沉默了一會兒，站起身說：「走，睡覺。」

躺在旅館的床上，直覺告訴我，唐玉嬌的案子勝券在握了。有了指甲裡的ＤＮＡ，有了子宮裡的小胚胎，如果再從車輛上採取到一些跡證，幾乎就可以肯定是許亞君撞死了唐玉嬌。

可是，即便能肯定這一點，又怎麼去分辨他是不是故意的呢？僅憑沒有剎車痕跡這一點來推斷他故意撞死了唐玉嬌，可行嗎？

我翻來覆去地回想著唐玉嬌身上的每一處損傷。交通事故的損傷是最難現場重建的，因為一切都發生在一瞬間，損傷的形態和人、車、路的形態和位置都有關係，這麼多處損傷，都是怎麼形成的呢？我閉著眼睛，讓唐玉嬌身上的損傷畫面一一在腦子裡滑過。

枕部、摔跌傷，接觸面是光滑物；下頜部、磕碰傷，接觸面是石子地面；面部擦傷、手臂擦傷、胸腹部擦傷、肋骨骨折，這些都可以用一次摔跌來解釋；腰椎又有骨折……這些傷，怎麼才能串聯在一起呢？

想著想著，所有的損傷都變得模模糊糊的，我隱隱約約看到了真相，卻又無法看得更清晰。睡意湧上頭來，我腦海裡那個半是天使半是魔鬼的女孩飄得越來越遠，越來越遠……

第二天一大早，我從床上跳起來，驅車趕往派出所。

推門走進會議室，主辦偵查員正在向專案小組彙報昨晚的審訊結果：「這傢伙很狡猾，十點鐘就要求睡覺，一覺睡到今早六點多，審訊才正式開始。剛開始他一直回避我們的問題，直到我們拿出唐玉嬌指甲裡的ＤＮＡ報告，再比對他臉上的抓傷，他才承認當天下午和唐玉嬌有過爭執，說是因為唐玉嬌母親工作的問題吵起來的，但矢口否認他們之間有過性關係。」

這老混蛋！

偵查員接著說：「唐玉嬌子宮胚胎的ＤＮＡ檢驗結果出來之後，證實孩子的父親就是許亞君，他見到了證據，才承認自己和唐玉嬌的確有過性關係，但反覆強調唐玉嬌是自願的，他是付過錢的。他還說有好幾個證人都能證明他是付了錢才和唐玉嬌發生性關係的。至於唐玉嬌疑似死於交通意外這件事，他說他完全不知情，只說他們吵完架後，唐玉嬌就哭著跑了，他根本不知道她跑哪裡去了。」

「再狡辯也沒用。」黃石永說，「唐玉嬌剛滿十四歲，胚胎已經有兩個月了，他和十四歲以下的女子發生性關係，我們可以告他強姦未成年。」

「我也是這樣說的。」偵查員苦著臉說，「可是他嘲諷我們不懂法律，說他的行為只構成與未成年性交罪。」

「去他媽的與未成年性交罪！」黃石永狠狠地捶了一下桌子。

「沒辦法。」偵查員無可奈何地說，「本案是以強姦罪成立的，但是到了檢察官、法院，就不能肯定會不會更改罪名。」

會議室裡的空氣頓時一陣凝結。這時門口傳來一陣輕快的腳步聲，林濤臉上掛著他招牌的笑容，提著一只物證袋走進來了，他的微笑一下子就驅散了會議室裡的陰霾，幾個女警的目光更全聚集在了他身上。

「如果有證據可以證明撞死唐玉嬌的車子就是他的呢？」林濤看出我們心情不太好，一上來就笑瞇瞇地說，「昨晚我雖然什麼都沒發現，但是老天開眼了，今天早上我又去查看了一下，在他車底的兩塊擋泥板夾縫裡，採取到了一根人造纖維。剛才在顯微鏡下比對，和唐玉嬌衣物的人造纖維完全吻合。也就是說從死者身上開過的車，就是這個傢伙的越野車！」

「哈！」找到了證物，大家的士氣都為之一振，我拍著桌子，感激地看向林濤，說：「把車子洗得再乾淨，還是遺留下了一根纖維。現在有了證據，看他怎麼說！」

偵查員二話不說，拿起筆錄紙跑向樓下審訊室，我們在會議室裡靜靜地等待著。等待的時間很漫長，我打開筆記型電腦，慢慢瀏覽著昨天驗屍的照片，努力地將死者的損傷連繫在一起。林濤坐在我身邊，也打開了自己的電腦，細細地檢查著勘察車輛的照片。

我們倆就這樣各自默默地看了一個多小時。我起身伸了個懶腰，轉頭看了一眼林濤的電腦，俯身搭著他的肩膀，指著一張照片問：「咦，這車的引擎蓋是不是怪怪的啊？」

「是有個圓形的凹陷。」林濤揉了揉眼，說，「扣押車輛的時候我就發現了，嫌犯辯解說是一個月前他把車停在學校籃球場旁，被籃球砸到的。不過這個凹陷痕跡太新了，不像是一個月前形成的。」

我凝神看了一下螢幕，忽然樂得跳了起來，叫道：「別聽他胡扯，有了這個凹陷痕跡，我徹底揭開心中的謎了！林大帥哥，你太棒了！」我一把摟過還沒回過神來的林濤，在他腦門上響亮地親了一口。一旁的女警紛紛捂嘴偷笑起來。

偵查員這時候也回來了，臉上掛著喜色，大聲說：「他招了，全招了！他坦承，那天唐玉嬌找他說要談一點事，他就開車載著唐玉嬌到了案發現場。唐玉嬌告訴他自己懷孕了，向他索要更多的錢，他不給，兩人就發生了爭吵。後來，唐玉嬌下了車準備離去。他也滿腔怒氣開了車就要離開，沒想到唐玉嬌突然又拉住了車門。因為油門催得兇，把唐玉嬌拖倒了，沒想到車子便從唐玉嬌的身上開了過去。」

「在車子的側面摔倒，車輛也能從屍體上開過去？」黃石永問。

「這個倒是有可能。」一位交警說，「如果車子的速度很快，屍體倒地瞬間有了翻滾，是有可能被捲入車下的。」

黃石永點點頭，臉色依然沉重，說：「看來只能給他加一條過失致死罪。」

一直在旁默默聽著偵查員彙報的我，這時站了起來，一邊把自己的電腦接上會議室的投影機，一邊說道：「他這是狡辯。他犯的不是過失致死，而是蓄意殺人！」

整個會議室的人，都溢出驚異並且興奮的表情。

我一邊播放著解剖照片，一邊解說：「唐玉嬌頭部的損傷，是摔跌在光滑物體上形成的；她全身多處的擦傷，是在路面上摩擦形成的；她的下頜骨骨折和肋骨骨折是和路面撞擊形成的；另外還有一處傷，就是腰部的損傷，一般在交通事故中，很難形成腰椎的骨折，因為腰椎是向內凹陷的，不是背部凸起部位。背部凸起部位是肩胛骨，但死者肩胛骨並沒有明顯損傷，腰椎卻骨折了，腰椎的橫突、棘突同時骨折，這只能說明一種情況——撞擊！也就是說，唐玉嬌的腰部才是本次交通事故的撞擊點。」

「還有其他損傷怎麼解釋？」黃石永問。

「這輛越野車的保險桿是不是離地面九十公分左右？」我轉臉問林濤。

林濤翻閱了車輛勘察筆錄，點了點頭，說：「嗯，是九十二公分。」

我笑了笑，說：「我也是剛才看見林濤的車輛勘察照片才茅塞頓開。現場還原很簡單。首先，九十二公分高的保險桿撞擊在唐玉嬌的腰部，唐玉嬌因為慣性作用而迅速後倒，枕部撞擊在車輛的引擎蓋上，形成枕部損傷和引擎蓋的凹陷。現場沒有剎車痕跡，意謂此時車輛並沒有減速，而是繼續前行。由於和引擎蓋的強大撞擊力的反作用力，唐玉嬌被車輛拋擲出去，落地時上半身著地，形成了下頜骨、肋骨骨折和全身的多處擦傷。車輛此時又從屍體上輾過去，因為車輛底盤的最低點恰好和屍體背部最高點高度大致相同，所以車輛底盤刮掉了死者衣服後背的扣子，並在後背上形成了輕微的擦傷。」

會議室裡一片寂靜，每個人都聚精會神地思索著，消化著我剛才的分析。

「只有這一種可能！」我斬釘截鐵地說，「沒有第二種可能可以完美解釋屍體上的所有損傷。而且我要強調的是，整個撞人的過程，車速都是非常快的，是直接衝著死者的後背撞上去的。」

「結合現場是白天、路面很寬、車速很快、沒有任何提前剎車的痕跡，正面撞了人也沒有任何減速的跡象，我們可以判斷，這起車禍是一起蓄意殺人事件。」黃石永下了結論，「何況這個肇事者還有著明顯的犯案動機。」

「即便他不承認，也抵賴不掉他的罪行了。」偵查員興奮地說。

面對鐵證如山，許亞君知道無法再抵賴自己的罪行。很快就坦承了實情：他被唐玉嬌以懷孕為由要脅敲詐後，兩人爭吵拉扯了一番，唐玉嬌氣鼓鼓地在車前走，並揚言要去向媒體爆料。在後面開車緩緩跟隨的他臨時起意，猛踩油門撞上了唐玉嬌的腰部，並直接開車離去。

回合肥的路上，我對大寶說：「我還特地叫偵查員查了一下發案當天那個許亞君有沒有喝酒，確定了他沒喝酒我才敢下結論，你知道是為什麼嗎？」

正在發呆的大寶搖了搖頭。

我笑著說：「喝醉酒的人，偷了人家麥克風自己都不知道，那麼，撞了人沒剎車也是有可能自己不知道啊！」

「別取笑我。」大寶一臉嚴肅，多愁善感地說，「那孩子才十四歲啊，這個社會到底還有多少陰暗面呢？」

第6案

林中屍箱

照片是關於祕密的祕密，它揭示的越多，你知道的就越少。

——黛安・阿勃絲（Diane Arbus）

1

這個年代有了個新玩意：臉書(Facebook)。

據說臉書已經遠遠超過了平面媒體和廣播電視的影響力，當時的我自然無法理解，因為那時候我用的還是Nokia 3310。

雖然也申請了臉書，但我一直不太會去登錄，工作不忙的時候，我還是比較喜歡偷偷溜去「城市論壇」看一看八卦新聞或是美女照片。

以前我是不喜歡上網的，直到有一次，科裡的同事接手一起傷情鑑定的複核案件，鑑定結論出來之後，一位姓房的當事人看到結果對自己不利，於是不斷到處找人關說。但事實永遠是事實，即便再多關說也不能扭曲事實。這位房女士屢屢碰壁之後，便開始在網上人肉搜索法醫科的成員資訊來。也算是無巧不成書，她一眼就看到了我的名字，更巧的是，和她發生糾紛打架的那個四十多歲的女人也姓秦。

就這樣，這位從沒見過我的房女士啟動了豐富的聯想：既然這位秦明是法醫科科長，那肯定是個小老頭。於是第二天，城市論壇上多了一篇帖子：「公安廳法醫科科長秦明假公濟私，為堂妹開脫罪行」。帖子寫得聲淚俱下，說我是那個秦女士的堂兄，為了幫她脫罪，偽造了鑑定等等。

這真是躺著也中槍。

這篇帖子回應的人還不少，我開始還非常氣憤，連忙去找師父問怎麼辦，師父哈哈一笑說：「怎麼辦？開除黨籍、開除公職吧！」

這件事情也被廳裡傳為笑談，我這個不到三十歲的小青年就這樣變成了一個四十多歲女人的「堂兄」。從此，我又多了一個「堂兄」的外號。

師父要我不要去在乎這種誹謗，但是那時候年輕氣盛的我，依舊默默關注著帖子後面的回應。這帖子紅了好長一段時間，好多鄉民也不管是真是假，看了帖子就先痛罵一頓。幸好也有一些理智的鄉民，詢問了事情的經過後，發現這帖子破綻百出，判斷出這篇帖子純屬造謠。這樣的回覆總是能給我帶來一些安慰。

一來二去，我成了網路的常客。

這天一大早，我打開論壇就看見了一則人氣頗高的帖子。帖子裡放了兩張照片，都是同一個女孩的，第一張照片拍得不是很清晰，長寬的比例也很怪，隱約可以看見一個身材纖細的女子穿著一條短裙斜靠在馬桶上，背著手、低著頭；下一張照片就是女孩的大頭貼了，看起來倒是個普普通通的女孩。帖子裡說，這個女孩二十二歲，剛剛大學畢業，莫名其妙就失蹤了，希望網友能夠提供一些線索讓家人找到她。讓人眼前一亮的是發帖人提供的賞金，整整新臺幣五百萬。

乖乖，五百萬！我一輩子能存到五百萬嗎？我忍不住算了算我可憐的工資。

鄉民也夠無聊的，後面的回應沒有一個正經的，不是評論這個女人的胸和大腿，以及兩腿之間若隱若現疑似走光的白色斑點；就是意淫那炙手可熱的五百萬；還有就是說現在的女孩真搞怪，居然喜歡和馬桶合影。

我一邊看著鄉民各式的回應，一邊咧著嘴偷笑，直到電話突然響起，才嚇了一大跳。

「一通電話都能把你嚇出尿來，你肯定沒在看好東西。」大寶緩緩走到我身後，「唷，這妞的腿漂亮呀！」

我見來電顯示的是師父的號碼，做了個噤聲的手勢，接起了電話。

「來我辦公室一趟。」

師父正坐在辦公桌前，盯著電腦若有所思，手裡拿著一個由Ａ４紙捲成的紙筒，有節奏地敲打著桌沿。

完了，師父一沉思，準沒好事。

我湊過去飛快地掃了一眼，咦？師父的電腦螢幕上……怎麼是我剛剛看的那張美女馬桶圖？

「啊？師父對這個也有興趣？」

師父瞪了我一眼，沒好氣地說：「是關心案件。」

「案件？」我很詫異，「網路上的事可信嗎？再說，失蹤也有很多可能啊，不一定就是與我們有關的案件吧？」

師父皺著眉頭，沒有理我。

我只好陪著笑臉說：「師父是在哪兒看到這照片的？您也上網路論壇？」

師父的目光依舊盯著電腦螢幕，回說：「不，臉書上看到的。」

「您玩臉書？」我大吃一驚，「您也會玩臉書？」

師父沒有回答我的問題，用手中的紙筒指著電腦螢幕說：「你仔細看看這張照片，這是今天早上我要影音檢驗科進行過影像處理之後的，比原來的清晰多了，你能看出有什麼問題嗎？」

照片裡的長髮女孩低著頭，整齊的劉海垂在額前，看不清眉目。她的髮梢微捲，顯現出一種淡淡的黃色。髮絲之中隱約可見高挺的鼻樑和塗著唇彩的嘴唇。身上穿著一件粉色的緊身T恤，下半身是一件合身的牛仔小短裙，身材看起來玲瓏有致。女孩坐在浴廁的地上，斜靠在馬桶邊，伸著兩條併攏的長腿，雙手背在身後，無法看清。

我皺著眉細細看了一遍，斜倚著的女孩、馬桶和那看不清楚花紋的白色地磚……照片裡也就是這些東西了。

「這照片一定被剪裁過，線索太少了，馬桶也就是個普通的馬桶啊。」我搔著腦袋說。

師父沒說話。

我又盯著照片看了一會兒，忽然想起網友的評論，忍不住瞄了一眼女孩的裙下，尷尬地說：「網友眼睛真尖，還真是走光了。」

師父用紙筒狠狠敲了一下我的頭，說：「搞什麼？沒個正經，看哪兒呢？」

我摸摸頭，吐了吐舌頭，又看了一會兒，坦白說：「看不出什麼問題。」

師父沉默了一分鐘後，突然開口道：「她死了。」

「死了？」我訝異地叫出聲來。光憑一張照片，師父是怎麼看出這女孩已經死了的？

「我有幾個依據。」師父一邊用紙筒敲打著桌沿，一邊說，「首先，我可以判斷屍體已經產生了屍僵。」

屍僵能看得出來?我心裡嘀咕著，繼續看著照片，感覺似乎找到了一些竅門。

「你看!」師父說，「女孩的右側肩膀斜靠在馬桶上，這種姿勢下，如果是正常低著頭的話，下巴應該會自然地偏向右側，但是這個女孩的下巴是往左偏的。我懷疑這個女孩死亡的時候頸部處於一個向左偏的姿勢，所以形成屍僵後，就出現了這樣的情況。」

我沒出聲。

師父知道我不太信服，接著說：「最關鍵的是腳尖。一般人小腿外旋的時候，腳尖肯定是向外指的。但是這個女孩呢，她的兩腳尖是內八相對，而且向下伸直。你來做一個小腿外旋、腳尖相對又向下伸直的姿勢給我看看。」

我坐在一旁的沙發上，比劃了一下，確實很彆扭，我問：「所以呢?」

「所以我覺得她死的時候，應該是面部朝下，腳尖被地面限制，形成向內、向下的姿勢。為什麼小腿會外旋呢?是因為她的身上被人施加了壓力，所以就出現了小腿外旋卻腳尖不動的情況。」師父說，「一般女孩即便是照相時候喜歡把腳尖相對，小腿也是內旋的，絕對不會外旋。」

「按您所說，屍體一直保持死亡的姿勢，直到屍僵都形成了，才被移動到馬桶旁邊，那麼她的髖關節[1]也應該形成屍僵了，屍體怎麼可能呈現出坐姿?」

「屍僵的形成，一般是按照下行順序，也就是說頸部、下頜會先形成屍僵，然後往下慢慢形成，而從關節上看，也是先在小關節處形成屍僵，然後才在大關節處形成。你看這個女孩，嘴不是張開的，表示下頜的屍僵已經形成；腳尖異常，表示踝部的屍僵也已形成，而髖關節是

1 髖關節由股骨頭與髖臼相對構成。簡單地說，就是大腿上段和骨盆構成的關節。

最大的關節，此時還沒有形成屍僵，或者形成的屍僵還比較軟，容易被破壞也是正常的。所以兇手能搬動屍體，把她變成坐姿，而小關節的異常形態則沒有被兇手注意到。」

我點點頭表示認同，「但這還是不足以判斷她死亡啊，如果這個女孩就是喜歡用這個古怪的姿勢來拍照呢？」

師父搖搖手，接著說：「我為什麼先說屍僵，是逆向推理。你看，假如我們剛才分析的都正確，那麼這個女孩死的時候應該是俯臥，身體受壓，對吧？」

我點點頭。

「既然是俯臥，屍斑就應該在屍體底下的部分形成，也就是胸腹表面、頸部、臉頰和腿的前面。你仔細看看，有屍斑嗎？」師父說完，調整了一下照片的色彩對比度。

果然，之前沒有發現的細節，在對比度增大之後變得清晰起來，女孩的右側臉頰和兩腿前面有明顯的紅暈，這種大面積的紅暈，從不同角度都能觀察到，不可能是光線問題或是損傷所致，應該就是屍斑。

我盯著螢幕，將信將疑，「我還是有兩個問題，一是屍斑為什麼這麼淺；二是按照我們剛剛所說，如果小關節屍僵已形成，大關節屍僵仍未形成，也就是說，女孩是在死後四到五個小時左右被搬動了位置，這個時候屍斑應該會轉移到屍體較新的底下部位，也就是臀部和兩腿後側呀。」

師父搖了搖頭，說：「不是這樣的。我來解釋你的兩個問題，第一，屍斑形成的初期，都是淺紅色的，後期可能會加重。第二，屍斑在死後十二小時內確實可以隨著屍體位置的變化而重新形成，但是屍斑的原理，是人在死亡之後，血管通透性增強，紅血球透出血管沉積到身體底下位置的軟組織裡，在皮膚上表現出顏色的變化。這其實和沙漏的原理是一樣的，身體的體位變化以後，紅血球也就像沙子一樣慢慢沉積到另一側——請注意，是慢慢地沉積到另一側。」

聽師父這麼一解釋，我茅塞頓開，如果兇手在挪動死者之後立即照相的話，屍斑應該還來不及重塑，還會沉積在原來的位置。

「另外，她的膝蓋也有異常，我懷疑是瘀青。你看這顏色和周圍紅暈的顏色是不一樣的，所以更加能確定紅暈部分就是屍斑。而在膝蓋位置有瘀青的話，也恰恰印證了她是俯臥被施壓的推斷。」師父補充道。

屍斑和屍僵是確證死亡的兩個依據，既然推斷出女孩同時具備了這兩項屍體現象，那麼這女孩的確已遭毒手了。

「除此之外……」師父慢慢點擊滑鼠，放大了圖片，說，「你看她下巴側歪後露出的頸部有什麼？」

真心佩服處理影像的同事，居然能把一張那麼模糊的圖片處理出了這麼清晰的效果。頸部還能有什麼？索溝[2]！

「原來她是被人勒死的。」我搖頭惋惜道。

「你在論壇上也看到這張照片了？」剛才一直在忙著比劃的師父現在又恢復了拿紙筒敲桌沿的動作，敲得我心慌。

「是的，說是尋人啟事，還配了這女孩的一張正面照。」我說，「最吸引人目光的是，懸賞金額居然高達五百萬。」

2 人體軟組織被繩索勒縊後，皮膚表面受損，死後會形成局部皮膚凹陷、表面皮革化，會完整地保存下被繩索勒縊時的痕跡。這種痕跡被稱為索溝。

師父點點頭，說：「臉書上也是這樣寫的。」

「那您看，這是怎麼回事？」我問，「如果是兇手發的訊息，他怎麼會有女孩的大頭照？而且他發這個訊息做什麼？是炫耀他殺了人還是為了迷惑別人？如果是小女孩家屬發的訊息，他們又怎麼會有女孩死了以後的照片？而且死了還為什麼要上網尋人？家屬有什麼目的？」

師父用鄙視的目光看著我，哼聲道：「這都猜不到，你是我徒弟嗎？」

2

讀者應該都猜得出是怎麼回事了吧，可當時我大腦裡的動脈大概都被排泄物堵上了，怎麼都想不明白。

「你完蛋了你！」師父說，「被你堂妹的仇人罵傻了嗎？」

正說著，林濤走進了師父的辦公室，抬頭說：「剛剛我和犯罪預防科的周亞青去網路監控部門查了一下，發訊息的是中達公司一位總經理趙格言的老婆。那個女孩就是這位總經理的女兒，趙雨墨。」

「走，人死了，也沒什麼顧忌了，去中達公司看看。」師父終於扔了手上的紙筒，讓我這個「頻率恐懼症」的人鬆了口氣。

中達公司是合肥一家有名的房地產公司，走進公司大門，我就被裝潢豪華的大廳和來來往往的員工們盛氣凌人的面孔給震懾住了。一路走進總經理的辦公室，我頓時有一種大開眼界的感覺。已經不能用奢華兩個字來形容了，眼前分明就是一座小型的宮殿，誇張地使用著大量的金色，處處透露出一種暴發戶的氣息。

難怪出手就是五百萬的懸賞呢！光是這派頭，五百萬算什麼啊！我又想到我那可憐的薪水，法醫在國外明明還是高薪職業，可事實上我們一個月只能拿到萬把塊錢的工資。萬把塊啊！在合肥的郊區也只能買間小套房。

趙格言坐在寬大的高級皮椅上，已經在等著我們了。雖然他的臉上帶著一抹無法掩飾的愁容，但他揚著下巴，依舊有一股居高臨下的氣勢。

「趙總經理好，我們是公安廳的人，現在正調查你們發帖尋找女兒的事情。」周亞青開門見山地說，「據我們的了解，你們好像沒有去任何警察局報案。」

「報什麼案？找你們警察有用嗎？」

我愣了一下，找警察沒用，那要找誰？

「這不是您找不找的問題。」周亞青說，「我們懷疑這是一起綁架案件。」

我這才豁然開朗，對啊，就是綁架啊！這解釋了為什麼女孩的父母會有那張在廁所拍的照片了，因為綁匪肯定會把肉票的照片寄給她的家人，但沒有法醫的知識，一般人肯定看不出來拍照時女孩已經死了。

「是，確實有人綁架了我的女兒。」趙格言依然一臉的倨傲，「可是我不信任你們警察，我自己能解決我女兒的事。」

「自己能解決，就不需要上網求助了，對吧？」師父說。

是啊，哪有收到綁匪寄來的照片之後，不找警察卻找網友求助的？這不是天方夜譚嗎？

「我就是上網求助也不找你們警察。」趙格言的臉色陰沉，「如果綁匪知道我找了警察，肯定會撕票的。」

「你女兒已經被撕票了。」師父看著他，突然冒出一句。

趙格言的臉色並沒有太大的波動，更沒有像我想的那樣迅速崩潰，彷彿這個結果早就在他的預料之中，「你們……找到她的屍體了？」

「屍體還沒有找到。」師父說，「但是作為一名法醫，從那張照片裡，我可以確認你女兒已經去世了。」

「什麼？」剛剛還沉穩如常的趙格言頓時臉色大變，一拍桌子，氣得連手都抖了起來，「你說什麼？墨墨她……她拍那張照片的時候，就已經……就已經死了？這個王八蛋！狗娘養的騙子！」

我們面面相覷。

趙格言的嘴角顫抖著，他努力克制著自己，但眼角的淚水還是止不住地流了下來。他深深吸了一口氣，哽咽了幾聲，才斷斷續續地說道：「唉，我那可憐的孩子……三天前，我接到墨墨手機打來的電話，那時候大概是凌晨兩三點鐘，我聽到手機裡不是墨墨的聲音，而是一個陌生男人的聲音。他說墨墨在他手上，要我給他兩百萬。我開始不相信，要他傳給我一張墨墨的照片，沒過多久，他就把那張照片傳了過來，沒想到……本來我們說好，一手交錢，一手交人，約定的時間是昨天晚上十二點，我們按照他的要求把錢放到了他說的地方，然後回家等著他放墨墨回來。一直等，一直等，等過了約定的時間，還是沒有等到墨墨，我們再去那個地方看的時候，錢已經沒了。我那時候心裡就糾結了一下，但還是存有一絲期望，就上網發了那份帖子，心想說不定有人認得出那個地方，說不定有人見到了墨墨……」

趙格言捂著臉，陷在他的扶手椅裡，失去了所有的威儀與神采，泣不成聲。

我們都沉默著。這個悲傷的父親，明明那麼愛自己的女兒，卻因為自己的一時糊塗錯過了抓住兇手的機會。儘管綁匪在打電話要錢之前就已經殺害了趙雨墨，但交易贖金的時候卻是擒獲他的最佳時機，現在綁匪拿到了錢，離交易時間又已經過去了十多個小時，再想抓到他，就很難了。

師父沉思了一會兒，對仍在哽咽的趙格言說：「趙先生，你節哀吧。秦明，我們走，讓市警局馬上成立專案小組，這案子必須在最短的時間破案！」

專案小組煙霧繚繞。

遇上這麼一樁案子，每個人的臉上難免是愁雲密布，因為實在不知道要從何下手。屍體，不知道在哪兒；現場，不知道在哪兒；因為報案晚了，連死者的手機都無法定位。

這個專案小組由省廳的刑警齊力分隊長親自主持，法醫工作則由我來組織，這也是師父交給我的又一項考驗。我和專案小組的大多數人一樣抽著菸，腦海裡仍是一片迷霧。

「我有一個疑問。」我又抽出一根菸，一邊點上火，一邊問，「既然現場有馬桶，就表示這是一個室內的空間，趙雨墨是怎麼進入這個室內空間的呢？」

「可能性很多。」齊力攤開手指，一個一個細數，「熟人誘騙、劫持、下藥、死後移動到室內、死者走錯門……太多可能了。目前我們正從兩方面展開調查，一是尋找屍體和可能見過死者的人，二是從死者生前的熟人入手。」

我點點頭，依據現有的線索，如果不查熟人，還能查什麼呢？作為一名法醫，在一個沒有找到屍體的專案小組裡，除了沒話找話，我還能說什麼呢？

我焦慮地等待著屍體的出現。

或許是我的祈禱感動了上天，中午時分，專案小組接到報告，屍體可能找到了！

整個專案小組最激動的是我，因為我已經投閒了一上午了。當相關人員拎著勘察箱下樓的時候，我已經坐在公務車裡等著了。

屍體其實離我們不到兩公里。

公安廳的附近，就是省電業大學。現在正是快要開學的時候，校園裡到處都是拖著行李箱來學校報到的學生。校園一角的小樹林裡，靜靜臥著一只行李箱，但拎著行李箱的人那麼多，根本就沒人注意到它的存在。直到近中午時，一個女學生經過小樹林時，想起整個上午都沒有人來拖過這個行李箱，心生好奇的她叫來了自己的男朋友。男生一邊取笑著這個多疑的女友，一邊上前拉開行李箱的拉鏈，拉鍊很緊，他用力一扯，也只拉開了一點點，但這一拉，兩個人都忍不住尖叫了一聲。

從那個行李箱被拉開的縫隙裡，散出了一綹長髮……

一向安靜的小樹林裡，此時此刻擠滿了圍觀的學生。發生這種事，學校裡肯定謠言四起，難免被傳成一則恐怖的怪談。只有盡快破案，才能平息這種四處彌漫的恐懼感。

我看到鑑識部門已經在行李箱附近採集物證了，也不急著靠近現場，自己負著手，帶著一個偵查員徑直去了保全辦公室。

「你好，我是公安廳的警官，負責本次箱屍案的調查工作。」我最喜歡掏出警官證表明身分的這個瞬間了，只見保安頓時肅然起敬，「我現在需要查看你們學校的監視錄影。」

能夠裝得下一個人的行李箱，絕對是一只顯眼的大行李箱，所以拖著行李箱的人，也一定很容易被人注意到，既然如此，他肯定會選擇人少的時候來棄屍。我坐在保安室裡，用八倍速同時播放著學校昨晚三個門口的監視器影像。

我盯著螢幕看了一個小時，發現昨天晚上進出校門的人還真不少。因為是新生報到，所以甚至從深夜到凌晨都有很多人和車陸續進入學校，也有自個拖著行李箱的，但是絕對沒有拖著這麼大行李箱的。

我搔搔頭，心想難道兇手真的有那麼大膽子敢白天進來學校？不，不會的，說不定他是開車進來的。

「你們學校會讓外面的車隨便進出嗎？」我指著夜間的監視器影像問。

在我身後站了很久的保安頓時一臉戒備，「不會。但是這兩天是新生報到，人多車多行李多，為了方便新生進出，所以就將就了些。」

看來最可疑的就是這些進出學校的車輛了。可惜是晚間，學校的監視器畫質又差，被車燈一照，什麼都看不見，只知道那是輛車。從監視錄影找到本案線索的可能性，宣告破滅。

我讓隨行的偵查員拷貝下監視錄影帶回去繼續檢查，抱著僥倖的心理希望能有一些發現。

我抬腕看看錶，覺得時間差不多了，便向現場走去。

這個案子，還是要從屍體入手。

行李箱已經被打開，一個披著長髮的女孩蜷縮在裡面。作為一個法醫，看慣了人間生死，看慣了社會陰暗，但是看到這一具屍體，我的心裡還是為之一震。

普通人看屍體，只會注意到屍體的全貌；法醫看屍體，最先看到的是屍體的損傷。和師父的判斷一樣，女孩的頸部有一條深深的索溝。但是並不像電視劇或電影裡看到的那樣，被勒死的人眼球凸出，舌頭伸長，死狀恐怖，這個女孩真的像是在箱子裡睡著了一樣，安靜而柔弱。她的雙手被綑綁在身後，下巴貼著膝蓋，穿著和網路照片上的一模一樣。雖然人死後的面容和生前會有一些差別，但是學過人像鑑別學的我一眼就看出了這就是趙雨墨。

此時的屍體屍僵已經緩解，在市警局法醫的幫助下，我們把屍體從行李箱裡抬了出來，平放在已經鋪好的塑膠布上。抬動屍體的時候，不知道有什麼東西從屍體上嘩啦啦地掉了下來。

我探頭一看，是一粒粒白色的東西。

「這是什麼？」不知什麼時候，李大寶和林濤也已經到了現場，大寶戴上手套，從箱子裡撿起一粒白色物體，一邊端詳一邊說：「這是蛆卵？也太大了吧？而且這個天氣，應該不至於……」

我白了大寶一眼，說：「你傻呀，這明顯是米。」

「米？」大寶驚詫地反問道。

我沉思了一會兒，說：「唯一可能的解釋，就是這個箱子原來是用來裝米的，所以箱子裡還有一些剩餘的米……」

「你見過誰用行李箱裝米的？」大寶拿著那粒米湊近了觀察。

「是沒有。」我搖了搖頭，說：「但除了這種解釋，還能有什麼解釋呢？」

「這事好像有點熟悉。」林濤也加入我們的討論，「但我一時想不起來，印象中好像米和殯葬習俗之間有什麼關係。」

林濤一來，警戒線外的女生們就看著他開始竊竊私語，眼神裡都是滿滿的花癡樣，真是讓人忍不住羨慕又嫉妒加上怨恨。

「不管是什麼關係，你得給我們搞清楚。」我對林濤說，林濤點點頭。

我簡單地查看了下屍體，說：「這裡風大，別損失了什麼物證，把屍體拉去殯儀館吧。你們剛才有什麼發現嗎？」

林濤搖搖頭，有些無奈，「這裡的地面條件差，行李箱品質粗糙，很難獲取物證。」

「那只有從行李箱的來源查起了。」齊力說。

伴隨著分隊長的命令，我們坐上了趕往解剖室的車，離開了校園。

解剖室內，趙雨墨背著雙手，躺在檯子上。

「衣著整齊，而且乾淨。」我和大寶將趙雨墨的衣服一件一件脫了下來，攤開在一張展開的塑膠布上。我問大寶：「這表示什麼問題？」

「一是遭受性侵害的可能性不大，二是作案現場應該是室內。」大寶說完頓了頓，接著說，「她失蹤的時間是八月二十一日和二十二日，這兩天全省都下著雨，如果她是在室外被按壓在地面上，衣服肯定會弄髒。」

我笑著說：「看來我在專案小組浪費時間的這一上午，你是做了功課啊。其實我一直就認為她是在室內被殺的，你想要將屍體從室外再運回室內多麻煩，兇手完全沒有必要這麼做。」

趙雨墨的屍體靜靜地躺在解剖檯上，現場看屍斑，比在照片裡清晰得多了。師父此前的推論沒錯，兇手在趙雨墨死亡四、五個小時後，把屍體放置到馬桶邊，之後就再也沒有動過她，直到四十八個小時後，才將她裝進了行李箱，此時屍斑早已穩定，不會重塑。

「嗯，死者父親收到照片的時候是二十二日凌晨三點左右，按照這個線索，趙雨墨應該就是在二十一日晚上十點到十一點之間死亡的。二十三日晚上，兇手才將趙雨墨裝進了行李箱。二十四日早上，行李箱就出現在了校園裡。」大寶一邊聽我分析，一邊算著時間，「這時間安排還真是緊湊啊！」

趙雨墨的頸部有一條在頸後交叉的索溝，切開頸部皮膚，發現索溝下方的皮下組織和肌肉內都有片狀出血，這是生理反應。加上甲狀軟骨骨折，幾乎可以斷定她死於勒頸。

接下來的工作是殘忍的，我們要將這個美麗的女孩一層層地剖開。

透過檢查內臟瘀血、顳骨岩部出血等徵象，確認了她死於機械性窒息，還在她的腰部發現了一處出血，這也在我們的預料之中，因為她背部受壓，可能是兇嫌坐在她身上，也可能是兇嫌用膝蓋頂住了她的腰部。除此之外，我們沒有再發現什麼新的線索，兇手的手法太乾淨了。

檢驗完趙雨墨的會陰部，我的腦海裡不知為什麼突然浮現出「雲泰案」中幾名死者的樣子。不過趙雨墨沒有被性侵，這應該和「雲泰案」沒有什麼關係。

接下去就是按照慣例縫合屍體。當我們縫到肚臍以上時，燈光一閃，我彷彿看見了一點什麼，趕緊說道：「大寶，看，這兒有異常！」

3

趙雨墨的右側胸腹部隱約可見一道紅色的印記，一直延伸到了她的乳房上。

這道印記非常不明顯，幾乎難以辨認。我找來酒精棉球，耐心地反覆擦拭。酒精可以使一些不明顯的生理印記顯現出來，這道紅色的印記逐漸清晰，大約有三十公分長，準確地說，這不是一道印記，而是一個「十」字形的印痕，只是橫著的那一道短了一些。

「這是條壓痕。」大寶說，「顏色不清晰，應該是瀕死期形成的。」

「其實我們早就應該想到這裡有一條壓痕。」我說，「我們推斷了死者是在室內死亡的，又是俯臥位背部受壓，只要那家不是水泥地面，地板的痕跡就應該會印在她的胸腹部。只不過沒想到能這麼明顯。」

縫合完屍體，我蹲在地上的塑膠布旁，重新逐件檢查趙雨墨的衣物。直覺和運氣讓我發現了趙雨墨牛仔裙的異常。

牛仔裙的右後側有一處暗袋，不注意還真看不出來。這口袋有些鼓鼓的，於是我用手指撐開了口袋的邊緣，用強光燈一照，竟然發現裡面有一些黑色的痕跡。我迫不及待地把口袋內襯翻了出來。

「堂兄威武！」大寶驚訝地叫道，「這是三個指頭的指紋啊！不過，這不一定和本案有關吧？」

「誰會來摸她這個明顯不會裝東西的口袋？」我說。

「那也不一定，這個指紋是黑色的，應該是沾了油墨之類的東西，表示這個人的手很髒。」大寶說，「這種身分的女孩怎麼可能被這麼髒的人摸口袋？我猜可能是小偷！」

我點點頭，大寶的話確實有一定的道理，「不管怎麼樣，先送去林濤那裡讓他留存下證據吧，說不定以後能用得上呢！」

回到專案小組，看到大家的表情，不用猜也知道，偵查依舊處於僵局。我介紹了驗屍情況，除了斷定趙雨墨是二十一日死亡、在室內被殺、死於窒息以外，沒法再提供更多的線索。大家接著討論案件的性質，很快就起了分歧。

「如果真的是綁架案件，那麼兇手完全可以拍一張趙雨墨活著時的照片，或者拍一段影像，那比殺死她以後再拍照風險小了很多。」齊力說，「所以我覺得兇手的主要目的還是殺人，綁架很有可能只是一種偽裝，當然，順手拿到幾百萬也不是壞事。」

「我倒是覺得綁匪的目的還是錢，可能是他沒有經驗、沒有能力控制住趙雨墨，臨時起意殺了她，他之所以要把趙雨墨扶起來坐著拍照，就是為了偽裝她還活著。」我頓了頓，「我發現有人翻動趙雨墨的裙子口袋，當然現在不敢肯定是不是和本案有關，但是如果有關，那麼就是謀財。」

「至少可以確定是熟人犯案吧？」齊力說，「這麼果斷撕票的，通常都是熟人犯案；況且，如果不是熟人的話，趙雨墨怎麼會去人家家裡？」

「如果兇嫌是為了錢綁架，那麼就不一定是熟人。」我說，「之前你不是也推測過可能會是誘騙嗎？」

齊力搖了搖頭，說：「這趙雨墨都二十二歲了，又是大晚上的，沒那麼容易被騙吧？」

「現在的女孩膽大心粗，會不會被騙還真說不定。」我說。

「如果不認識，兇嫌怎麼會知道她家有錢呢？」

這個問題確實問得我有些猶豫，我只好說：「我猜，可能是從穿著打扮看出來的。趙雨墨的上衣是香奈兒的，裙子是迪奧的。可能她身上還有些金銀首飾，只不過被綁匪拿走了。」

「你還懂這些？」大寶嬉笑道。

「鈴鐺喜歡研究這些品牌。」我無奈地說。

「那也得是識貨的綁匪吧。而且，穿得好的，可能是有錢人，也有可能是二奶和小三啊！」齊力說，「如果是二奶小三什麼的，還真不一定能綁出什麼錢來。」

眼看話題就要跑偏，主辦偵查員回來了。

「經過調查，趙雨墨的男朋友黃鐘音有重大犯案嫌疑。」偵查員說，「有人看見當天下午五點多，趙雨墨在黃鐘音家樓下和他拉扯、吵架。」

「我就覺得是他！」齊力說，「首先，我認為犯罪者是熟人，綁架只是偽裝；其次，把那麼大個行李箱運進學校，又要避開監視器，只有開車進去——對了，黃鐘音有車嗎？」

「有。」偵查員說，「他是中達公司的員工。」

「傳喚他。」齊力說，「一方面繼續進行周邊調查，一方面辦手續，搜查他家。」

大家應聲開始收拾桌上的本子。我低著頭，看來是我推斷錯了。

黃鐘音的家在十三層，我們去的當天，電梯正巧壞了。我和大寶對看一眼，只能進了樓梯間開始爬。等到了黃鐘音家的時候，我們幾個人全都累得喘不上氣了。

進了門，我四下看了一眼，扶著牆，喘了兩口氣，說：「奶奶的，白爬了，又得下去。」

「下去？」大寶也還在喘著，「堂兄，你瘋了啊？什麼意思？怎麼就白爬了？」

「你才瘋呢！」我說，「我們驗屍的時候說過什麼來著，死者胸腹部有『十』字形印記，所以現場應該有十字交叉的地磚。」

黃鐘音的家裡確實沒有十字交叉的地磚，客廳臥室都是木質地板，交縫處是「H」形，就連廁所廚房的地磚也不是十字而都是菱形。

「可是他家的廁所地板真的是白色的，和照片上的一樣啊！」大寶急了，「那個……說不定不是按在地上呢？也可能是在某個有十字交叉的地方，比如……比如……」

我看大寶滿屋找十字交叉形的平面，趕緊拉住他，走到廁所，指著馬桶說：「你看，關鍵是馬桶不一樣啊！」

除了造型款式不同外，照片中的馬桶蓋是霧面沒有光澤，現場的馬桶蓋則是晶亮的，顯然是有很大的區別。

大寶低頭看看照片，又抬頭看看馬桶，嘆了一口氣，說：「堂兄，服了你了，連馬桶都有研究。」

「不管兇手是不是他，至少現場不是這裡，收隊吧。」我正式宣布。

我們垂頭喪氣地回到專案小組，發現專案小組的偵查員同樣也是無精打采的樣子。

「社區監視器影像顯示，黃鐘音當天確實一個人在家。」偵查員說，「他的嫌疑排除了。據他說，當天下午他和趙雨墨因為一些瑣事發生了爭吵，他開始時是想拉住趙雨墨的，但是趙雨墨脾氣一上來，硬是轉頭走了。這個黃鐘音也是個膿包，自己躲家裡哭了一夜。」

「那這個趙雨墨，性格怎麼樣？」我問。

「黃鐘音說她就是典型的富家千金的性子，很高傲，喜歡欺負人，也喜歡炫耀。」偵查員說，「我們看了監視器影像，也證實趙雨墨當天離開黃鐘音家的時候穿的就是現在這身衣服。」

案件再次陷入了僵局。

一天就這樣過去了，案件仍然沒有任何頭緒與進展，我的情緒也跌到了谷底。我沒有心情回家休息，打算去自己的辦公室裡加班，整理今年尚未偵破的命案，為即將到來的一年一度的命案督導工作做準備。

經過林濤辦公室的時候，發現燈亮著。

「一個人又寂寞難耐了？」我沒敲門，進屋拍了拍林濤的肩膀。

林濤頭都沒回，正在一堆電腦檔案中尋找著什麼。

「那個米和喪葬習俗的關係，我總記得好像在哪一起案子裡看到過。」林濤一邊搜索著，一邊跟我解釋，「奇怪的是怎麼都想不起來。反正也睡不著，就再來找找看。」

「我還以為你睡不著是因為想女人了。」我坐在林濤對面的椅子裡，調侃著他，「喂，你不會真的對男人有興趣吧？別對我有非分之想哦！」

「去！去！我對你『堂妹』有興趣也不會對你有興趣。」林濤推開我搭在他肩膀上的手，目光依舊沒有離開電腦螢幕，「等等，靠！終於讓我找到了！」

真的有這樣的先例？我也激動得跳了起來，再顧不上調侃他了，忙問：「什麼情況？」

「看，這是三年前的一起案件。」林濤說，「當時湖東縣一個老山林巡守員在自己的房子裡被人殺害，屍體的周圍就有很多米，當時我們都認為是死者和兇手搏鬥過程中打翻了米缸。破案後，兇手才坦承米是他故意撒在屍體周圍的。」

「為什麼要撒米？」

「我當時也很好奇，後來聽說當地有個風俗——準確地說，不是風俗，是迷信。他們相信人死之後，把米撒在屍體周圍，就能讓靈魂無法出竅，這樣鬼魂也就無法報復兇手了。」

「真是荒誕。」我笑著說，「不過我喜歡這個線索。請示專案小組，轉戰湖東。」

第二天一早，作為先頭部隊，我和幾位同事先去了八十公里外的湖東縣，沒想到的是，沒過多久，專案小組的其他人在齊力的帶領下，浩浩蕩蕩地全部趕過來了。

「你們怎麼都來了？」我驚訝地問，「押寶嗎？萬一是誤判呢？」

「不會的。」齊力信心爆表，「昨天我問過了，趙雨墨不會開車，她父親也沒有給她買車，如果她真的要來湖東，肯定會坐計程車。這種富家女，是不可能坐火車或者客運的。」

「然後呢？」

「經過對計程車司機的調查，證實趙雨墨二十一日晚上六點半左右，自己一個人包了一輛車開往這裡，顯然趙雨墨的死亡地點很有可能就在這個城市。」

「計程車司機有嫌疑嗎？」我問。

「沒有。」偵查員說，「這種計程車統一由公司管理。車內有監控裝置，有ＧＰＳ。因為趙雨墨要求司機送她去一間檔次較高的飯店，於是司機在將近晚上八點的時候把趙雨墨送到市中心一間高級西餐廳的門口，然後司機就返回了，他還說當時下了很大的雨。」

「手機調查也沒有進展。」齊力補充道，「趙雨墨的手機於當晚七點十五分關機，從車上監視器上看，應該是沒電了。她在車上的那一段時間，也只查出有ＧＰＲＳ流量損耗，沒有打電話。」

「ＧＰＲＳ流量損耗？」我哈哈一笑，「看來是上網聊天呢。我就說這個富家女怎麼會和一個小縣城有關係，現在看起來，很有可能是來見網友啊！」

「我們也是這樣推測的。一個剛和男友吵完架的女孩子，想來這裡尋求某個慰藉什麼的，這是很常見的情況。」齊力說，「目前網路監控部門正在努力，應該很快會發現線索。」

「現在的人約見網友真是一點警覺心也沒有，在微信上隨便搖一搖都會約出去見面。」我說，「你根本不知道對方到底是什麼人，一不小心……」

我的話被一陣急促的電話鈴聲打斷。齊力接通了電話，緊鎖的眉頭逐漸舒展，看來是個好消息。

「趙雨墨有個網友，聯絡很久了。」齊力放下電話，說，「這個人，就在湖東。」

4

這個網友叫李威。他被帶進湖東縣公安局的時候，依舊是一臉迷茫。他只有二十歲左右，戴著眼鏡，看上去非常老實的樣子。資料顯示他高中畢業之後就輟學工作了。

「你們抓我做什麼？」李威茫然地說，「俺什麼壞事都沒有做過。」

「你是哪裡人？」偵查員問。

「洋宮縣人。」

「什麼時候來湖東的？」

「半年前。」

李威一口北方方言，我在一旁聽著覺得越來越不對勁。如果是外地人，來湖東縣才半年的時間，那他就不應該對撒米困住靈魂的風俗這麼瞭解。

「你認識趙雨墨嗎？」偵查員問。

「不認識。」

「坦白從寬，我們不會平白無故叫你來問一些你不認識的人的情況。」

「俺真不認識啊！」李威嚇得不輕。

我提醒身旁的偵查員應該問網路代號。偵查員點點頭，翻開資料夾找了一下，接著問道：

「那你認識利……什麼……利多卡因吧？」

利多卡因是一種麻醉藥，看來趙雨墨認為自己是那種能迷住所有人的迷藥。

「哦，她啊，認識，不過我們只是網友。」

「你見過她嗎？」

「視訊裡見過。」

「你最近和她聯繫是什麼時候？」

「三天前吧。」李威想了想，說。

用姜振宇的微反應理論來分析，李威這個思考的表情很自然，應該不是偽裝的。

李威接著說：「那天她不知道發什麼神經，突然說要見俺。俺沒見過網友，有點害怕。而且那天晚上還在下雨，俺就說太遠了，而且下雨不方便，改天再見。可是她說她已經在車上了，馬上就到，讓俺等她，而且問俺俺家在哪兒。」

「你告訴她了？」

「沒有，俺房子是租的，連浴廁都是公用的，不好意思讓她來，就在考慮去哪裡見她時，她突然下線了，俺以為她可能是心情不好，說說罷了，就沒再理會。」

「她幾點下線的？」

「七點多吧，俺記得好像是。」

我走出審訊室，雖然審訊還在繼續，但是我已經相信李威絕對不是兇手了。共用廁所，屍體能擺那裡嗎？

回到旅館，我又得知一個壞消息，趙雨墨下車地點的西餐廳沒有安裝監視器，而且這間西餐廳生意非常好，客人很多，所以服務生也記不起她的樣子。總之，又一條線索斷了。

我的情緒繼續低落，下午也沒有再去專案小組。我去了也幫不了什麼忙，如果有好消息他們一定會通知我，可現在又能有什麼好消息呢？連行李箱的線索都已經斷了，這種行李箱已經賣出去十幾萬個了，怎麼查？

我躺在床上試圖午睡，可大腦一片清醒。我不斷思考一個問題，為什麼我驗屍的時候，腦海裡會出現「雲泰案」呢？兩起案件明顯是不一樣的，一個有棄屍，一個並不棄屍；一個是在室外作案，另一個在室內。全然是不一樣的，我為什麼會把這起案件和「雲泰案」聯想在一起？有什麼共同點呢？

……綑綁雙手？對，綑綁雙手！

「雲泰案」的三個死者都是被綑綁住雙手壓在地上強姦的，而這次案件裡，死者是被綑綁住雙手壓在地上勒死的。相通的地方，就是都有繩結綑綁住雙手。

我從床上跳起來，從電腦裡找出照片，仔細觀察幾起案件的繩結打法，非常可惜，趙雨墨這案子裡的繩結和「雲泰案」並不一樣。

但是我一點都不沮喪，因為曙光已經漸漸顯現了出來。

趙雨墨手腕上的繩結，看上去非常簡單，但非常牢固，這應該是一種比較專業的繩結。而「雲泰案」的三個死者，手腕上的繩結看起來非常繁瑣，卻不牢固，意外的是三人手上的繩結竟然一模一樣。

我壓抑著內心的喜悅，打開瀏覽器，搜尋了「繩結」，滿螢幕的資訊撲面而來。

原來繩結也是一種文化表現，不同職業的人，在打繩結上都有自己獨有的習慣。繩結的種類也很繁多，水手打的繩結、木匠打的繩結、挑夫打的繩結、外科醫生打的繩結……都各有不同。我一邊看一邊學習，甚至拆下鞋帶來嘗試，花了一下午的時間，終於熟悉了網路上介紹的十幾種繩結的打法。

再回到案件的照片上，我豁然開朗，趙雨墨手上的繩結是一種典型的雙套結，打法不難，但比較專業，通常是喜歡戶外運動的人才會熟練掌握這種繩結的打法。我激動得在桌面上捶了一拳，又迫不及待地點開「雲泰案」的照片進行比對。但幸運之神大概只眷顧了我一小會兒，「雲泰案」的繩結沒有這麼明顯的特徵，不是專業的打法，只能說是一個人打繩結的習慣，哪個專業人士會習慣打繁瑣而不牢固的繩結呢？

但不管怎樣，至少這個案子裡，又一條新線索已經浮出了水面。我拿起電話，讓偵查員調查李威打過的繩結，以及他是否喜歡戶外運動。

第二天一早，當我走進專案小組的時候，齊力一臉的喜氣，「秦明呀，一個好消息，一個壞消息，你要先聽哪個？」

我一時無語，一個快五十歲的人，有必要玩這個遊戲嗎？

「呃，壞消息吧。」

「李威被排除嫌疑了，他從來不從事戶外運動，繩結也對不上。」齊力說，「其他方面也排除了。」

「這個不算壞消息。」我說，「你沒看我昨天下午都沒來嗎？我早知道他肯定不是兇手。」

齊力的眼神裡閃過一絲驚訝，接著說：「壞消息不是壞消息，但好消息絕對是個好消息。我們派出的搜索小組在校園裡另一處角落，找到了死者的手機和疑似勒死死者的繩索。」

確實是個好消息，我驚喜得說不出話來。

「有……有照片嗎?」我覺得自己都不會說話了。

「有啊，你看。」齊力移過來他的筆記型電腦。

照片有兩張，一張是一條繩索的照片，只見繩索上面滿是油墨，這應該是一條綁過硯臺的繩索——為什麼判斷是綁硯臺的呢?因為湖東是產硯大縣。

另一張照片是一支iPhone手機特寫，手機似乎被水泡過，呈現的是沒有開機的狀態。

「手機壞了。」齊力說，「不過我們的技術部門有信心恢復它的資料。」

「我關心的不是手機。」我說，「之前，我們在趙雨墨的裙子口袋裡發現了油墨指紋，當時還在想說為什麼小偷不偷包包，而去偷一個裙子上的暗袋，這太怪異了。」

「我明白你的意思。」齊力說，「現在可以解釋為什麼會有油墨指紋了。因為兇手拿著沾滿油墨的繩子殺人，然後又用沾了油墨的手掏口袋。哈哈，有道理。現在我也贊同你關於本案的推斷了，這可能就是一起綁架謀財案件。」

「有指紋，且知道兇手家裡的大概裝潢情況，知道兇手家應該有硯臺，知道兇手喜歡戶外運動，這個案子不難破吧。」我揚著眉毛說。

「必破!」齊力的手機鈴聲再次響起，他看了一眼說，「不過，我希望有更快的捷徑，這個電話可能就是給我們提供捷徑的。」

確實是一個提供捷徑的電話。技術部門修復死者手機後，發現死者在晚上九點多的時候重新啟動過手機，並且撥打了一個號碼：1808353286。當然，這不是一個正確的手機號碼，自然撥不出去電話。但是隨後也就沒有再撥其他的號碼，直到兇手撥通那通勒索電話，然後發送了那張照片的訊息。

「現在問題就來了。」齊力說，「第一，為什麼要撥這個錯誤的手機號碼；第二，手機不是沒電了嗎？我的iPhone沒電關機後是絕對開不了的。」

我笑著說：「第一，這根本就不是手機號碼，而是通訊軟體ＱＱ的帳號。第二，她到了人家家裡，為什麼不能充電呢？」

「ＱＱ帳號？」主辦偵查員來了精神，「你怎麼知道？」

「我猜的。」我說，「我有時會因為懶得開手機ＱＱ程式而用這種方式記錄別人的ＱＱ號碼。」

「快查！」齊力的音調很高，透露出他心裡很激動。

也就半個小時的時間，案件就偵破了。

這個號碼屬於一個叫程希的人。他現在二十一歲，是省電大的學生，也是出名的戶外運動愛好者。程希的父親還是個忠實的硯迷。

不是他，還能是誰呢？

程希沒有逃跑，員警到達省電大的時候，他正靜靜地坐在圖書室裡看小說。

他看上去高高瘦瘦的，皮膚黝黑，髮色烏亮，五官稜角分明。當我看到程希的時候，就覺得事情是那麼順理成章。只有一點想不明白，這樣一個帥哥，為何會為了錢殺人？

程希沒有抵賴，也沒法抵賴，不然他沾滿油墨的指紋怎麼會落在一個素不相識的女子身上？他很乾脆地承認了一切，把這個故事的最後一環給補上了。

程希的母親早逝，父親又經常不在身邊。整個暑假，父親都沒有回家看過他一眼，只給了他每個月一萬元的生活費。這些錢原本也足夠他一個人生活、泡妞、進行戶外運動和打電動遊戲的了，可內心依然覺得空虛的他，卻不小心染上了一個惡習：賭博。

程希一開始去的不是那種常見的賭場，而是上網找了一個國外的賭球組織。沒想到這一賭，他就輸了一百萬。一百萬？就算他的家境還算殷實，程希也不敢向父親開口。他只好找了高利貸先付清了賭資，但緊接著還錢的期限又將近，連本帶利超過百萬，程希實在想不出什麼辦法了。

搶劫嗎？除了搶銀行，搶不了這麼多錢。那麼，就只有綁架這一條路了。

那一夜，下著極大的雨。

程希獨自一人去西餐廳吃飯，剛到門口，就看見馬路對面有個漂亮女孩下了計程車冒雨跑了過來。女孩身上的香奈兒散發著一種讓他心動的光芒。

他趕緊迎過去，為女孩撐起自己的傘。

這一頓是程希請客。雨夜邂逅帥哥，趙雨墨的晚餐吃得很愉快。文質彬彬、幽默風趣、穿著體面的程希很快就打動了她。她的眼神開始迷離，面前這個男孩，怎麼看也不像是個壞人。所以，當程希邀請她去家裡坐坐的時候，趙雨墨沒有猶豫。

進屋之後，趙雨墨拿出充電器，打開手機，記下了程希的ＱＱ號碼。程希藉口幫她拿飲料出了客廳，其實是去找綁架她的工具。趙雨墨很美，但是身背巨債的程希，沒有一點性欲。

他的目的，只是錢！

和我們推斷的一樣，程希勒死了趙雨墨。

其實一開始程希只想把她勒暈。他也挺憐香惜玉，並不想看見她流血。當趙雨墨不再動彈以後，程希綑住了她的雙手，把她丟在客廳，自己進了房間。他開了電腦，目不轉睛地看著直播的球賽。這兩場球他也下了注，勝負關係到他的五十萬元。

但幸運依然沒有光臨，兩場球結束，他又輸掉了五十萬元。但他不怕，他有搖錢樹。可是當他再去客廳時，卻意外地發現搖錢樹居然死了。

拍完照片，發完勒索信，程希很害怕，於是逃到了一間網咖打了兩天遊戲。他不敢回家，希望逃避自己緊張的情緒。可是屍體終究不能不處理，於是他以開學報到為由，向父親的朋友借了車，又拿了家裡最大的行李箱，壯著膽子把趙雨墨的屍體裝好，將屍體運去學校。對他來說，唯一的幸運在於那個暈了頭的趙格言居然沒有報警，而是乖乖地把兩百萬送給了他，他的債務終於還清了。

程希以為把屍體運到自己的學校就不會引來員警對自己的注意，而且員警也只會把焦點放在合肥調查，不會將注意力移到趙雨墨死時還在湖東的他。

可那一把米還是出賣了他。

當他即將拉上行李箱的拉鍊時，拉鍊卡緊了，他心裡生出了一種無名的恐懼。他從廚房裡抓了一把米，撒入行李箱中，希望能夠困住趙雨墨的靈魂。

接著行李箱拉上了。

「披著羊皮的狼，不是童話，而是寓言。」我感慨道，「不要相信任何陌生人，尤其是那些特別能讓你相信的人。」

「嗯。」大寶點頭，說，「以後我生女兒的話，一定不能太寵她，過分的溺愛只會害了她啊！」

第7案

欲火中燒

最深的欲望總能引起最極端的仇恨。

——蘇格拉底（Socrates）

1

「叮鈴叮鈴叮鈴……」

夜半驟然響起的電話鈴聲，對法醫來說，往往意味著又有人死於非命。自從到省廳工作之後，我接到這樣午夜兇鈴的機率已經小了許多，所以當這天夜裡鈴聲大作的時候，我簡直整個人都嚇出了一身冷汗，來不及看來電顯示就趕緊按下了接聽鍵。

「李大寶和你在一起嗎？」

一個女聲幽幽地問道。

這時我倒是鬆了一口氣，拿起床頭櫃上的鬧鐘看了一眼。晚上十一點多，還好。這是李大寶的女朋友查勤來了。晚上我和大寶一起參加一個同事孩子的滿月酒席，大寶一不小心就喝多了。

「我們十點就結束了。」我沒有出賣大寶，其實我們八點就結束了。

正說著，話筒那邊傳來了敲門的聲音，大寶的女朋友說了句：「回來了。」就掛斷了電話。

第二天一早，我就對腫著雙眼的大寶說：「昨晚在外面鬼混三個多小時，幹什麼去了？」

「唉！還說，幸虧有機械性損傷做證，不然我還真解釋不清了。」大寶一邊說，一邊捲起袖子和褲管，露出關節部位的擦傷痕跡。

「依我的經驗看，這是擦挫傷，和地面形成的，而且是多次擦挫形成的，方向不一。確實不是女性指甲的抓痕。」我調侃道。

「昨天喝多了，我就記得我騎著我的自行車回家，其他啥也不知道。」大寶喝了一口手中的優酪乳，說，「今早聽我女朋友說，我是十一點多到家的，我就納悶了，平時我半小時就騎到家了，怎麼會騎了三個多小時？還有就是我身上怎麼會有這麼多擦傷？想來想去，只可能是自行車出了問題。於是我就去現場勘察了一次，你猜怎麼著？」

我搖了搖頭。

大寶說：「我的自行車，鏈條沒了。」

我愣了一下，隨即笑得前仰後合，「你是說，你就這樣一直騎上去、摔下來、騎上去、摔下來？摔了三個小時摔到家的？」

大寶推了推鼻樑上的眼鏡，點點頭，一臉窘相。

「你太有才了。」我大笑著說，「你女朋友打我電話的時候，我還在害怕你是不是鬼混去了。真是那樣，我一定得揭發你，你就臭名遠揚了。」

「哪有那麼容易臭名遠揚？」大寶說，「除非你勘察現場的時候，發現是我全身赤裸死在別人的床上。」

「叮鈴叮鈴……」

「臭嘴。」我見是師父辦公室的電話，皺著眉頭，說，「如果真是有案件，死的人肯定是赤裸死在床上的人。」

「馬上去程城，剛發生了一起兩人死亡的案件。」師父說，「叫上大寶、林濤一起去，如果案情偵辦進展順利，順便去龍都進行命案督導的職責，龍都有起半年前的命案還沒有破。」

「程城的這起案件是什麼案件？」

「一對中年男女，一絲不掛死在床頭。」師父說。

程城是位於雲泰西邊的小城市，經濟狀況遠不如雲泰，人口也少很多，所以程城每年的案件數在全省都是最低。這次一下子死了兩個人，當地警局頓時有些慌，第一時間就通知了上級。

雖然去程城的機會很少，但是我對程城還是比較關注的。因為程城所轄的龍都正是「雲泰案」其中一起的發生地。

案發現場位於程城新開發區旁的一處平房密集區。這片地區就像是電影中的貧民窟，破爛不堪，滿目瘡痍。

「這是個什麼地方？」我一邊從勘察箱裡拿出手套戴上，一邊問身邊的刑警分隊長曹安民。

「這一片原本是耕地。」曹安民說，「最近聽說開發區建設的腳步也快走到這裡了，所以出現你現在看到的這些房子，幾乎每一間都是一夜之間拔地而起的，目的只有一個：等拆遷。」

我驚訝地看著其中一些建設得還不錯的二層小樓，感嘆道：「人類真偉大！」

程城的法醫姓楊叫國棟，走過來和我握了握手。程城市區有四十萬人口，卻只有三名法醫，其中一名參加職務競聘，跳槽去了刑偵大隊當教官。剩下的兩名法醫都是我在前年專業技術培訓班上教過的學生，工作才兩年，卻要肩負這麼沉重的工作負擔，真是不易。

「既然是自建的臨時屋，目的是等拆遷，是不是就意謂著這些房子裡沒住人？」我問。

曹安民搖搖頭，說：「也不是。據初步調查，有七、八戶是長期在這裡居住的，有十餘戶是偶爾會在這裡住，剩下的幾十間房屋都是空著的。」

「這樣密集建造，不會造成分地不均的糾紛嗎？」我對這樣的事情充滿了好奇。

「以前這裡是一片公家土地。房子建造的那兩天，我們確實沒有接到過報警要求處理糾紛的案件。老百姓彼此很融洽呀！」

「這次案件你們初步勘察的結果怎麼樣？」我轉頭問法醫楊國棟。楊國棟是我的學生，雖然比我小不了兩歲，但我不自覺地以老師自居起來。

「男死者叫符離，女的叫張花嬌。目前看來，男死者應該損傷重一些，張花嬌好像沒什麼損傷，不過屍體我們沒有翻動，在等你們來。」

這可能是楊國棟工作後遇見的第一起雙屍命案，所以他顯得有些惶恐。

我照習慣先繞著現場走了一圈。這是一間自建的紅磚平房，沒有隔間。房屋的北側有一對紅漆雙開大門，旁邊有一扇窗戶，窗簾是關攏的。窗戶有些高，身高一七〇的人站在窗前大概才勉強可見到室內的情況。窗戶下面是一座花壇，已經被警戒線保護起來了。

南側是一堵牆壁，沒有窗戶，只有一扇孤零零的小後門。看起來整間房屋十分不協調，可見這正是一間倉促建造的臨時屋。

林濤正蹲在後門口，用小刷子仔細刷著門邊。

「怎麼樣，有發現嗎？」憑我的直覺，這起案件應該不算困難。

林濤搖了搖頭，說：「後門是被撬開的，門鎖本來就很普通，輕輕一撬就壞了。根據足跡方向，兇嫌應是從這個門出入。但是這木門表面太粗糙，無法有效採取到指紋。」

「足跡呢？不是能看出方向嗎？有比對條件嗎？」我問。

林濤停下手中的工作，用袖子擦了擦額頭上的汗珠，指了指室內，說：「紅磚地面，只能看出輪廓，看不出花紋，一樣無法比對。」

我露出一臉失望的表情，穿上鞋套，推門進屋。

剛進入室內，一股充滿血腥味的暖風就撲面而來，那是一股非常濃郁的血腥味，我忍不住抬起手背揉了揉鼻子。

此時是秋天，雖然秋老虎的威力已經大大折減，可是因為這間房屋密不透風，室內溫度比室外溫度還是整整高出了五度。房子裡東西雜亂，可以看見有一張床、一張飯桌、一個鍋灶，還有牆角用布簾隔起來的浴廁。看來住在這裡的人真是吃喝拉撒睡全整合在一起了。

房間的燈開著，那是一盞昏暗的白熾燈。因為電壓不穩，燈光不停地閃爍。

「你們來的時候，燈就是開著的？」我順手關了電燈，儘管外面的光線還很充足，現場卻頓時昏暗了下來。我怕影響鑑識工作，趕緊又重新開了燈。

「報案的是死者隔壁鄰居陳瑞雲。」曹安民說，「今天早晨四點左右，鄰居陳瑞雲因為有急事過來找人，發現死者家的燈還亮著，於是推了推大門發現門是關著的，就繞到後門。見後門是虛掩著的，就壯著膽子推開門一看，發現床邊牆上都是血。」

「屋主是什麼樣的人？生活習慣很邋遢嗎？」我問。

「剛剛才調查清楚。屋主就是女死者，房子是髒亂了些，人打扮倒是很講究。」曹安民說，「天天把自己當成是少女一般，打扮得花枝招展，情人有好幾個。」

我點了點頭，心中彷彿有了些底。其實社會關係越複雜的人，越容易在調查中發現問題，也就越容易為案件偵破帶來線索。

和師父說的一樣，兩名死者赤裸著，並排仰臥在一張小床上，雙腿都垂在床邊。床頭一架復古電風扇還在那裡無力地搖著頭。看來剛進門就迎面撲來的那股血腥味暖風就是出自於此了。

男死者一臉皺紋，看起來超過六十歲了，頭髮已經被血液浸溼，但是並沒有看見明確的損傷。兩腿之間可以看見溢出的糞便，散發出陣陣惡臭。地上的水漬看來是順著他的大腿一滴一滴往地面滴下來的尿液。

「看情況是重度顱腦損傷。」我揉了揉鼻子，說，「大小便都失禁了。另外，這女人歲數看來也不大，怎麼會跟這麼老的男人在一起？」

曹安民低頭翻了翻筆記本，說：「嗯，年紀是不大，四十二歲。你怎麼看出來的？我看她有五十了。」

我笑了笑，說：「我以前跟過一個老師，他被稱為乳頭專家[1]。」

看著曹安民疑惑的眼神，我並沒有進一步解釋，急忙從勘察箱裡拿出屍體溫度計，插進了男死者沾滿糞便的肛門。

「現在是上午九點，屍體溫度下降了十．五度，嗯，兩具屍體溫度差不多。」我分析著，「根據正常室溫下前十小時每小時下降攝氏一度、其後每小時下降〇．五度的規律計算，死者應該死亡了十一個小時了，也就是說，是昨晚十點鐘左右遇害的。」

1 見《鬼手佛心》中「水上浮骸」一案。

曹安民點了點頭。他幹了刑警多年，對這個推算死亡時間的方法還是很熟悉的。

「死者損傷我們暫時不看，先把屍體拖去殯儀館吧。」我說，「我再看看現場。」

屍體被拖走後，我看了看兩具屍體附近的床面和牆面，除了大量噴濺狀血跡和一些白色的腦漿之外，並沒有其他什麼有價值的線索。於是我又開始在現場四處觀察，期待能有進一步的發現。

案發現場不僅很小，而且很凌亂。各種少女服裝以及顏色鮮豔的內衣內褲扔得到處都是，看來這個四十二歲的女人真的很喜歡把自己當成是花樣少女。

「現場的家具上都有厚厚的一層灰，這間房屋並不是張花嬌平時居住的地方吧？」我問。

「嗯，講白一點，這房子是張花嬌拿來當作打砲房用的。」曹安民說，「張花嬌有個老公，長期在外工作。我們已聯繫了他，他還在外地，聽說自己老婆死了，竟沒什麼反應，還要我們公安機關來處理屍體。」

「打砲房……她丈夫連死都不願意回來看她最後一眼……」我說，「這麼冷漠，是不是有些反常？」

「不反常。」曹安民說，「誰有了這樣的老婆都會心灰意冷。我們已經調查過了，她老公沒有嫌疑，昨晚他確實還在外地。」

我低頭想了想，猛然間看見後門牆角的一堆日常工具，頓時來了興趣。我走到工具堆旁邊，蹲下來細細看了兩分鐘，說：「看來是激憤殺人啊！」

2

「怎麼看出來的？」曹安民蹲到我旁邊問道。

「你看！」我說，「這堆工具很久沒有動過了，上面都覆蓋著一層薄灰。」

曹安民點點頭，拿起手中的照相機對著工具堆一陣拍攝。

「可是這堆工具的一角，卻有一塊新生的痕跡。」我用手指圈出一個形狀，接著說，「一般只有是覆蓋在這裡的物品被拿走後，才會出現這樣一塊沒有灰塵覆蓋的地方。」

「我怎麼就看不出來？你眼睛這麼尖？」大寶擠過來看。

「走近了反而看不到了。」我一邊說一邊拿出強光手電筒射出一束光說，「在這樣的光線下，就清晰可見了。」

在手電筒的照射下，一個鎚子的形狀清晰地出現在我們面前。

「羊角鎚！」大寶說。

我點點頭，說：「死者腦組織都有噴濺的跡象，還有大量出血。這樣的現場，不用看損傷也幾乎可以肯定兇器是金屬鈍器。」

「明白了。」曹安民說，「若是兇手是撬開後門，直接在後門附近找到兇器，就地取材殺人，這就很有可能是激憤殺人了。」

「目前猜測是這樣。」我說，「但辦案不能靠猜的，先去檢驗屍體吧，然後結合痕跡檢驗獲取的線索綜合分析。整體來說，本案不難偵破。」

沒想到程城公安局為了應付省廳的督導，才正在殯儀館內籌建一座簡易的法醫學屍體解剖室，尚未完工。看著程城公安局主管對法醫工作如此不重視，我此時也無力吐槽，心想回頭在年終績效考核的時候狠狠記上這一筆。

屍體檢驗是在殯儀館院內的一塊空地上露天進行的。

李大寶和楊國棟按照屍表檢驗的順序先檢驗符離的全身，可惜他們沒有任何發現。

「可以肯定的是，死者身上沒有約束傷。」大寶小心翼翼地切開死者的雙手腕、肘部皮膚，檢驗皮下是否有隱匿性出血。

「激憤殺人通常都是突然襲擊，所以很少出現約束傷。」我用手術刀慢慢刮著死者的頭皮。符離黑白相間的頭髮在我的刀口逐漸堆積，露出一塊塊灰白色的頭皮。

法醫檢驗屍體，尤其是頭部可能存在損傷的屍體時，首先必須剃除死者的頭髮。有很多案件都是因為法醫偷懶、不願意處理毛髮，導致線索不明。

剃髮若導致重要損傷被破壞，重要線索也就因此斷掉。所以，好的法醫，必須是一個好的理髮師。手起刀落，髮除皮不傷。

剃頭髮難度最大的就是剃傷口附近的頭髮，因為皮膚碎裂，導致沒有張力，創緣的頭髮就很難剃乾淨。為了保持符離頭部損傷的原始狀況，我小心翼翼地剃掉了他枕部創口周圍的發炎。直到大寶他們解剖完死者的頸胸腹部後，我才完成我的工作。

「真是老了，腰也不行了。當初解剖檯上一站九個小時都完全沒問題。」我慢慢直起已經僵化的腰說道。

「死者全身沒有發現任何損傷。」大寶顯然是因為精神高度集中而沒有聽見我的牢騷。

「枕部有損傷。」我在符離枕部創口的周圍貼上比例尺，一邊照相一邊說，「枕部有密集的五處創口。創緣可見明顯的挫傷帶，創口內可見組織間橋，腦組織外溢。」

我劃開死者的頭皮，接著說：「枕部顱骨凹陷性骨折，有骨折線截斷現象。這樣看，死者是被他人用金屬鈍器多次打擊枕部，導致特重度顱腦損傷而瞬間死亡的。因為創口周圍有挫傷帶，說明這個金屬鈍器的接觸面很粗糙。」

「嗯，那個……羊角鎚完全可以形成這樣的損傷。」大寶說。

「快點縫吧。」楊國棟在一旁說，「這人大小便失禁，臭得厲害。」

「還能比巨人觀更臭嗎？」大寶說，「當法醫，可一定要經得起臭啊！」

我盯著符離的額部，說：「如果因為臭，導致屍體檢驗不仔細，那麼之前被臭味所熏的就都是白熏。你看，他的額部有一處損傷，表面沒有擦傷，伴有輕微的皮下出血，這是和一個表面柔軟、實質堅硬的物體碰撞形成的損傷。」

「喲，這一處損傷我還真沒注意到。」大寶說，「是兇手用拳頭打擊死者額部嗎？」

「不能肯定。」我說，「但應該意義不大。我們確定了兇手是撬門入室，就地取材，激憤殺人，突然襲擊，偵查範圍應該就不大了。」

張花嬌的屍體被抬上運屍床的時候，雖然說死者為大，我仍是感覺一陣噁心。這個女人的臉上擦著厚厚的一層粉，瞪著的雙眼塗著黑黑的眼線，頭髮染成棗紅色盤在腦後。

「她是雞嗎？」我忍不住問。

一旁負責攝影的偵查員搖了搖頭，說：「不是。據調查，這個女人並不賣淫，就是喜歡找各種各樣的情人，屬於那種性欲極其旺盛的女人。一晚上可以約會好幾個對象。」

「陰道裡有大量精液，採取檢驗。」大寶說，「這老頭還能有這麼多精液呀？」

「那很正常！」楊國棟說，「越是老頭，越是多。」

「呵呵，你還滿有經驗的。」大寶笑道。

我瞪了他倆一眼，終止了他們的調侃。我的工作依舊是剃頭。

因為張花嬌的頭部沒有開放性創口，所以這一次剃頭髮的工作進展得很快。在大寶打開她胸腹腔的時候，我已經剃完了。

「可以感覺到骨擦感。死者的顳部還有兩處片狀擦傷。」我一邊說，一邊切開死者的頭皮，「果然，擦傷對應部位有皮下出血，是顱骨凹陷性骨折。」

「我們這邊沒有檢驗到任何損傷。這一對死者的損傷很相似啊！」大寶說，「全身沒有其他損傷，唯一的損傷都在頭部。」

「而且兩者頭上的損傷直徑都在三公分左右，應該是同一種兇器形成的損傷。」我說，「男死者頭部的損傷重一些，女死者頭部損傷輕一些，但都是致命傷。」

我不喜歡開顱。

開顱鋸揚起的骨灰被鋸片高溫灼燒後發出的味道，是我這輩子最怕聞到的味道。

可是，法醫不能不開顱。即便死因明確，一樣要開。

張花嬌的頭皮比一般人要厚，但是顱骨比一般人要薄，所以同樣的力道、同樣的兇器可以在符離和張花嬌的頭上形成不同的損傷。但是打開顱骨，兩人厚薄又差不多了，腦組織都伴有局部挫傷和大量出血，這是致命的。

「你們看！」我指著張花嬌的額部說，「這很奇怪，連額部都有一塊皮下出血和男死者的一樣。這個兇手的犯案手法還真滿固定的。」

這個案子和很多案件一樣，不用法醫來指導破案，偵查員就知道下一步該怎麼做。

專案會議上，我說：「根據本案現場勘察和屍體檢驗結果，我們認為死者是昨天晚上十點左右遇害，兩人均死於鈍器打擊頭部導致的重度顱腦損傷。犯案手法完全一致，所以我們也認為兩名死者是同一人所殺。」

「之前你推測過兇手是激憤殺人，現在還是一樣嗎？」曹安民說。

「是！」我說，「在現場發現了一處印痕，可以斷定兇手是在撬開後門後直接就地取材獲得工具殺人，這樣的狀況通常見於激憤殺人。」

我拿起桌子上的礦泉水喝了一口，接著說：「兩名死者的頭部損傷都非常相似，要說起特點，一是重，二是密集。表示兇手是在很短的時間內連續打擊男性死者的枕部和女性死者的顳部，導致兩名死者瞬間死亡。既然動作簡單，目的明確，應該是激憤殺人或是報復殺人。結合我們之前說的現場印痕的線索，應該考慮激憤殺人。」

「激憤殺人的目的何在？」曹安民問。

其實我知道曹安民早已心裡有數，只是想透過法醫的專業進一步印證他心中所想。

我說：「現場兩名死者都是赤裸的，而且女性死者陰道內有精斑，結合先前的調查顯示女死者生前濫交，所以我認為本案的激憤殺人應該是情殺的一種。換句話說，可能是張花嬌這一晚上約了兩個交往對象，結果時間沒算好，約在後面的人在屋外聽見了屋內的動靜，一時醋意大發，就下了殺手。」

「聽起來很合理。」曹安民說，「和我想的差不多。先前調查發現，張花嬌確實有一晚上約好幾個情人來自己家的先例。」

「目前偵查工作已經全面展開了嗎？」我問。

「現在正在擴大調查。」曹安民說，「我要求他們仔細查找，一個都不放過，把所有和張花嬌有染的男人全部找出來以後，一個一個找來問話。」

「可惜我們在現場沒有發現更有價值的跡證。」林濤說。

「兇器被兇手帶走了，不然說不定在兇器上會有所發現。」曹安民輕鬆地說，「目前還是以查人為主要切入點，我相信，兩天之內可以破案。」

「那就好。」我笑著說，「再過幾天就是我女朋友的生日了，我得趕在那天之前回去。」

第二天一早，我和大寶一起來到了審訊監控室，觀看正在接受訊問的男人們。

在監控室裡坐了兩個多小時，才詢問了三個男人。這三個男人非老即殘，還有一個可能是流浪漢，可見這個張花嬌真是飢不擇食、寒不擇衣。不過經過這番審查，這三個男人都被排除嫌疑，因為這三個男人都有明確的不在場證明。

我回過頭問坐在身後的主辦偵查員說：「你們調查出來多少人和張花嬌有關係？」

偵查員用筆在筆記本上點來點去，說：「目前確定和女死者有過性關係的，有四十七個。」

「四十七個！」我大吃一驚，「你們一上午頂多問五個，你們要問到什麼時候？」

主辦偵查員聳聳肩表示無奈，「除了我們這兩組人負責逐一問話，還有四組人正進行周邊調查。其實問話倒不是主要的工作，周邊調查可能會發現更多的線索，而且這些人就算提供了不在場證明，我們都要一一核實。」

我站起來拍拍屁股，說：「那就辛苦你們了，反正我也不懂審訊，不如我去龍都看看他們此前沒有破的一起命案吧。」

「你們還要去龍都？」

「是啊。」我學著主辦偵查員聳了聳肩，「上頭交辦的任務，來辦此案之餘要去龍都履行命案督導的職責。你們加油，我相信我回來的時候，案件已經破了。」

「沒問題！」主辦偵查員信心滿滿。

程城市區和龍都縣城只有三十公里之遙，我們在午飯前趕到了龍都縣公安局。

簡單吃了午餐，我們就要求縣局提供半年前未偵破的一起命案的資料。

「我們今年發生了十二起命案，就這一起尚未偵破了。」管刑偵的副局長說，「不過這起案件我們非常有信心可以偵破，只是還需要一點時間。」

話音剛落，檔案室的女警送來了案件的資料。

「那就好，聽副局長這麼有信心，我也放心了。」我一邊敷衍著副局長，一邊瀏覽著案件檔案。

飛快地看完案件的現場資料和之前的調查情況，我的表情慢慢變得凝重起來。難以相信自己的眼睛，我又打開了現場檔案照片。

大寶注意到了我表情的變化，問說：「有什麼問題嗎？」

我沒有回答大寶的問題，直接翻到了屍體檢驗的照片，只看了一眼，我就壓抑不住內心的顫抖，抬頭問道：「副局長，您確定沒有拿錯檔案？」

「拿……拿錯檔案？」副局長被我這一句話問得莫名其妙，「怎麼可能拿錯？季華年被害案，沒錯啊，就是這本檔案冊。」

「可是……」我盯著檔案中的屍體照片說，「這明明是『雲泰連環姦屍案』啊！」

3

「『雲泰案』？」副局長如釋重負，說，「哦，季華年的案件應該和『雲泰案』沒有關係。」

「七年前與五年前分別在雲泰發生兩起命案，三年前又在雲縣和龍都各發生一起的『雲泰案』，都是住校女學生在夜間上廁所的時候，被人挾持到偏僻角落，按壓頭部致使口鼻腔壓閉而機械性窒息死亡，然後還姦屍。」說起「雲泰案」，我就隱隱有種心疼的感覺，「本案死者雖是女工，但也是半夜值班去上廁所，在廁所附近被壓閉口鼻腔窒息後姦屍，犯案手段完全一致，為什麼和『雲泰案』不一樣？」

「秦科長對『雲泰案』真是暸若指掌啊。不過，不知道秦科長是否知道『雲泰案』的共同特徵是什麼？」副局長反問我。

「我之所以關注此案，是因為七年前第一次案發的死者，是我女朋友的堂妹。」我黯然地解釋道，接著回答他的問題，「上述四起案件的共同特徵，除了我說的犯案手法，還有一個就是在四名死者體內均發現了微量精斑，可是卻因為沒有精蟲，無法做出DNA分型。」

「是啊。」局長說，「可是本案在死者體內發現了有精子的精斑，而且也做出了DNA基因型。秦科長的親屬涉及該案，心情可以理解，但是不能草木皆兵啊。這兩案之間是有明顯差異的。」

「原來副局長對破案的信心來自於死者體內的精斑，有了DNA，你們就不怕破不了案，是嗎？」我說，「請問你們這間會議室的電腦能連上公安局內部網路嗎？」

副局長把自己的筆記型電腦推給我。我打開案件檢索系統，下載了「雲泰案」幾名死者的現場照片，在電腦桌面上並列排開。

「不瞞局長說，最近我發現了一個新的共同特徵。」我說，「您看，這四名死者的雙手是背在背後，被繩子綑著，對吧？」

副局長一臉茫然地點了點頭。

我接著說：「您一定沒有注意到，綑這四名死者雙手的繩結，打法是一致的，而且不是常用的繩結打法，是一種繁瑣卻不實用的繩結。」

副局長把眼鏡推上額頭，瞇著眼細看電腦螢幕裡的幾張照片，逐漸地他的表情也開始凝重了起來，「居然和我們這一起案件的繩結一致？」

「您也看出來了吧？」我得意地說，「所以，我覺得這一起案件和『雲泰案』可以聯繫起來。而本案發現有兇手的精液和ＤＮＡ分型，我認為『雲泰案』的偵破，很有可能會以本案為突破點。」

「那……我們下一步怎麼辦？」副局長問。

「下一步就是加緊查出精液主人是誰，盡快查緝兇手，防止他再出來犯案害人。」我說。

副局長點了點頭。

大寶在一旁插話道：「可是，為什麼前四起案件中沒有精子，這一次又出現了精子？」

我說：「這個問題我也不知道，不管怎麼樣，回去我就打報告，申請把此案連同『雲泰案』一併偵查。」

此時，我的心裡充滿了激動，「雲泰案」的偵破工作，可能真的出現曙光了！

一夜未眠，第二天一早就接到了林濤的電話，林濤要我們趕緊返回程城，裸屍案件的偵查工作又陷入了僵局。

趕回程城的時候，林濤正拿著一根漆黑的鐵棍，左看右看。

「哪裡來的打狗棒？」我問。

林濤頭都沒抬，回答說：「這是案發現場大門的門閂。」

「瞎扯！大門明明是紅色的。」

「有點常識好不好？」林濤白了我一眼，「這根門閂是我們熏顯過指紋的，當然就被熏成黑色的了。」

我定睛看去，黑色外表下確實隱約有紅色的油漆，我摸摸腦袋，有些不好意思。「怎麼？不是說出入的地方是後門嗎？怎麼又開始打起大門的主意了？」

「這是個意外的發現。」林濤說，「昨天下午，我們又複勘了案發現場，依舊沒有發現任何有價值的跡證。偶然間我注意到了這支門閂，發現上面有一枚清楚的血指紋。」

「血指紋？」我說，「那肯定是和本案有關的。」

「是啊，目前已經排除了這枚指紋是兩個死者的，初步判斷這枚指紋是兇手所留下。」林濤說，「剛才我又把門閂熏顯了一下，沒有再發現其他的指紋。」

「你真棒。」我高興地拍了一下林濤的肩膀，「有了這枚指紋，兇手辨識就不是問題了。不過，有一個問題我想不明白，兇手為什麼要去摸大門門閂呢？既然他是撬開後門入屋的，不就表示大門當時應該是鎖著的嗎？」

「關鍵問題不在這裡。」林濤說，「有了這枚血指紋後，專案小組就開始收網了，把之前調查出來和張花嬌有關係的男人的指紋一次全部採集了過來。昨晚我加班做了比對，全部都排除了。」

「全部排除？」這個結果大大出乎了我的意料，「會不會是之前調查不仔細有所遺漏？」

林濤搖搖頭，說：「專案小組說不可能，所有的調查都很清楚。」

我靠在桌沿，低著頭想了想，說：「難道是我們偵查範圍劃錯了？」

「有這個可能。」林濤說，「案件看起來沒有我們想像的那麼簡單。鈴鐺姐的生日，恐怕你是趕不上了。」

「不會的。」我強顏歡笑，「案件問題出在哪裡，我今天就要找到。現在我再去現場看看，你去不去？」

「去。」

兩具屍體雖然已經被移走，但是遺留在現場的血泊、腦漿和糞便依舊在這間密不透風的屋子裡散發著令人作嘔的氣味。剛進現場，我又不自禁地揉了揉鼻子。

林濤一進現場就打開隨身攜帶的多波域光源，對著地面和牆壁到處照射。鑑識人員就是這樣，案件不破，勘察不止。也就是在這一而再、再而三的勘察中，會不斷地發現更多的線索和證據。

我這次來的目的，主要是觀察血跡形態。

我在深深自省，第一次現場勘察和屍體檢驗的時候，並沒有考慮到現場重建和勾勒兇嫌的工作，反而先入為主地認為本案證據明顯，應該會很快破案。如今案件陷入僵局，我必須要重新從現場重建開始。

我蹲在床邊，任隨那種噁心的氣味衝擊著我的嗅覺神經。

小床的東邊，是符離躺著的位置。原先屍體頭部的位置下，有一大灘血跡，血跡已經浸染到床墊裡，向周圍擴散，形成了一大片紅色區域。原本屍體下身的部位，則有被尿漬浸染成的地圖狀圖案，地圖的中央黏附著黃色的糞便。

我探過身去，同時防止糞便沾到自己的身上，用強光手電筒照射符離原來位置的床單。

「屍體壓著的地方，包括頭部血泊裡，都可以看到有一些片狀血跡。」我說。

林濤站起身來，走到我身邊，探著身子查看那灘血泊，「我明白你的意思，如果屍體原始狀況是俯臥或仰臥在這個位置，血跡是不可能噴濺到床單上的。」

「但是你看，張花嬌屍體覆蓋的床單就沒有任何噴濺狀血跡。」我說，「床就這麼小，男死者是在什麼位置、什麼體位下被打擊頭部的呢？」

張花嬌屍體的位置幾乎無需用筆畫出原本狀況，她頭部周圍的床單和牆壁上布滿了噴濺狀血跡，頭的位置卻是一片空白。

「我好像有一些想法了。」我說，「不過需要再看看屍體上的損傷和血跡分布才有把握。一會兒看完現場，我要去複驗屍體。」

林濤抬起頭看看天花板，說：「你看，天花板上也有甩濺狀血跡。不過看起來這個甩濺狀血跡的位置有些偏後。」

「我要重新看看屍體照片，再重新檢驗一下屍體的損傷。」我說，「你留在這裡做個偵查實驗吧。用鎚子沾點水，模擬一下打擊動作，結合現場的噴濺血跡形態，看看兇手打擊死者頭部的時候所站的位置究竟在哪裡，還有就是兇手究竟有多高。」

「好的，明天上午專案小組會議上碰頭。」林濤說。

我和大寶驅車重新回到程城殯儀館，把冰櫃中已經凍成冰棍似的屍體拖了出來。

我在一旁打開筆記型電腦，用電腦上的照片比對眼前的這兩具屍體。而大寶則陸續穿上解剖服、戴上橡膠手套，準備對特徵損傷部位進行局部解剖。

「屍體的原始照片就是這樣。」我把筆記型電腦轉過去給大寶看，「男死者的面部是沒有血跡的，說明他被打擊枕部以後，就一直處於仰臥姿勢，血跡都往下流了，沒有流到面部。可是女死者的面部，甚至頸部、胸腹部居然也是沒有血跡的。」

「女死者頭上沒有開放性損傷，她沒有出血，當然也沒有血跡。」大寶說。

我切換到現場照片，說：「現場那張床這麼小，除了男死者躺著的位置，就只剩下女死者躺著的位置了。而且女死者的頭部周圍都有噴濺狀血跡，為什麼唯獨女死者的面部、頸部、胸腹部沒有被血跡噴濺到呢？」

「呃……因為他們倆正在忙著做愛做的事？」

「你是說，之所以女死者身上沒有見到噴濺狀血跡，是因為女死者被東西蓋住了？」我興奮地說。

「對啊，被男死者壓著呢！」

「我開始怎麼沒有注意到這一點呢？女死者不可能蓋著被子，即便蓋著被子，頭面部也應該有噴濺狀血跡；如果頭面部也蒙在被子裡，那她頭部周圍床單則不應該有噴濺血跡……」

「那個……這有什麼問題呢？」

我沒說話，放下電腦，戴上手套，切開了男、女死者額頭部位的損傷。

「皮內出血。」我說，「這樣的出血，通常是兩個硬東西中間有軟東西墊著，硬東西相撞，在軟東西上留下的痕跡。」

大寶點點頭，說：「而且巧在兩個人的額頭頭皮都有這樣的皮內出血，形態一致。」

「好吧，那我們現在就把現場重建一遍。」我說，「案發當時，符離和張花嬌的位置是一上一下，符離在上，張花嬌在下。兇手撬門入屋後，用鐵鎚從背後多次打擊符離的後腦，導致符離當場死亡。這個時候，因為符離的頭部下方有張花嬌的頭部，兩個頭顱會發生激烈碰撞，形成兩人額頭上的皮內出血。」

我頓了頓，接著說：「符離被打擊後迅速死亡，兇手又把符離的屍體翻到一邊。此時張花嬌因為頭部受撞擊，處於半昏迷狀態，兇手隨即又用鎚頭打擊張花嬌頭部，導致她隨即也死亡。」

「嗯。」大寶說，「這樣一來，屍體上所有的損傷都能解釋了，但是好像對案件偵破沒有什麼幫助吧？」

「開始完全沒有想到這麼細。」我自顧自地說，「既然重建了現場，那麼問題就來了。」

「什麼問題？」

4

第二天一早，我和大寶滿懷信心地坐在專案小組會議室裡。旁邊坐著的，是同樣也滿懷信心的林濤。

「經過我們昨天複勘現場和複驗屍體，大致把兇手在現場的行兇過程還原出來了。」我開門見山地說，「根據現場、屍體上的血跡分布和屍體上的一些特徵性損傷，我可以斷定，兇手行兇的時候，男女死者正在發生性行為，兇手是從背後突然襲擊的。」

「我贊同。」林濤說，「根據昨天的現場實驗，分析噴濺血跡和天花板上的甩濺血跡形態，可以推知兇手確實是在女死者躺著的位置前側發動攻擊的。」

專案小組所有人臉上都是一副迷茫的表情。大家都在想，工作一天，就得出這樣的結論？

我接著說：「好，既然是正在發生性行為的時候被打擊致死，那麼請問，女死者體內的精液是哪裡來的？」

「大小便都失禁了，精液不可以失禁嗎？」有偵查員問道。

「有些重度顱腦損傷案例中，確實有滑精的現象。」我說，「但是精液失禁和射精是不一樣的，採取發現的位置和分量的多少都有區別。」

「這個也不應該算是個問題吧。」曹安民轉頭對楊國棟說，「精液不是送去ＤＮＡ檢驗了嗎？結果怎麼樣？」

楊國棟支支吾吾半天，說：「ＤＮＡ結果今天上午才能出來。」

「今天上午？」曹安民大發雷霆，「都幾天了，ＤＮＡ還沒出來？」

楊國棟說：「最近ＤＮＡ鑑定室的檢驗量很大，加上我們認為這件案子沒有什麼困難，查完因果關係就可以破案了，所以對精液的檢驗也不是很重視。」

「這可以理解，我們開始也都先入為主而誤判了。」我為楊國棟緩頰，「之前我們確實都認為此案無須刑事技術的支援，線索明顯，只需要進一步調查就可以破案的。」

曹安民說：「那我們下一步該怎麼做呢？」

我說：「經過我們再一次對案發現場以及現場的衣物進行勘察後，發現兇手進入現場後，沒有任何翻動現場的跡象，也就是說兇手並不是為了謀財。再對撬門的痕跡進行分析，可以確認撬門的工具是一把類似鏝刀的工具。這樣的工具不是殺人或者盜竊的利器，而應該是兇嫌當時隨身攜帶的物品。」

我喝了口水，接著說：「結合屍體的檢驗結果，兩名死者確實是被鎚類工具打擊頭部，而我們又在現場發現了一個就地取材的跡證，這都表示兇手犯案完全是出於臨時起意。」

「我們之前就是這樣分析的。」曹安民說，「兇手可能是和張花嬌有約的另一名男子，看到張花嬌和別人正在發生性行為，一時氣憤，殺了兩人。」

楊國棟此時突然插嘴說：「DNA室剛剛來了消息，張花嬌的陰道擦拭物檢出一名男性DNA，但不是符離的精液。」

專案小組裡開始有了一些小騷動。

「果然不是符離的精液。」我說，「這個精液應該是兇嫌的。」

「這倒是個好消息，我們有了兇嫌的指紋和DNA，離破案不遠了。」曹安民說。

「那我接著說。」我說，「如果兇手是為了洩憤，那麼他進入現場後，對女死者施加的打擊力道應該大於男死者。然我們檢驗發現，男死者的損傷比女死者的嚴重得多。這恰恰顯示了兇手要致男死者於死地，而並不是想殺死女死者的一種心態，對女死者頭部的打擊可能只是為了讓女死者失去反抗能力。」

曹安民點了點頭。

我接著說道：「兇手打死男死者後，翻過男死者的屍體，又對女死者的顳部打擊了幾下，然後進行性侵。女死者全身沒有發現任何抵抗傷、約束傷或者是洩憤造成的損傷。如果兇手是因為醋意大發而殺人，那麼他勢必會在女死者屍體上洩憤，製造更多的瀕死期損傷或死後損傷。這證明了這個兇手的主要目的還是性，而不是憤怒。」

「我補充一點。」林濤插話道，「我們在門閂上發現了一枚血指紋，血跡經過檢驗是男死者的血。這就表示兇手在殺死了兩人後，又去大門處摸了一下門閂。但顯然不是為了從大門處離開，因為他的離開方向很確定是往後門。那麼，他為什麼要去摸一下門閂呢？這個問題困惑我很久。昨天，我又在窗戶的窗簾一角，發現了一些模糊的血跡，應該是兇手帶血的手擦上去的。我這才豁然開朗。」

林濤這個發現讓我很吃驚，驚得一時合不上嘴巴。

林濤接著說：「我判斷兇手殺完人到姦屍之間，還有一個行為，就是檢查大門的門閂是否插好，並且把窗簾拉上了。」

「你是說兇手進入現場的時候，窗簾是沒有拉上的？」我問。

「是的。從血跡的樣子看，應該是拉窗簾的動作造成的。」林濤自信地說。

「你這個發現太關鍵了！完全印證了我的想法！」我興奮地說，「剛才我們說到，兇手進入室內犯案的主要目的是性，而不是情、仇、債……那麼，是什麼刺激到兇手，讓他下殺手的呢？肯定也是和性有關。」

我低頭整理了一下思路，接著說：「讓我大膽地推測一下：很可能是符離和張花嬌在發生性行為的時候，被兇手看到了。兇手一時性欲高漲，就用隨身攜帶的工具弄開了後門——這是因為大門是鐵門，而且是關上的，所以兇手只能選擇從後門進入。進門後，兇手沒有其他行為，直接殺完人，檢查門窗狀況，性侵女死者，然後走人。」

大寶點頭道：「嗯，我完全同意。兇手之所以會不放心而去檢查門閂，又在三更半夜不顧屋內溫度高而拉起窗簾，就是因為他害怕有別人和他一樣——一看見刺激的場景，就想幹一些刺激的事情。」

「沒錯。」我說，「這就表明了兇手的防衛戒備心理，這種心理是從他自己的犯罪手法裡總結出來的。簡單地說，他怕別人效仿他。」

「分析得很有道理。」曹安民說，「那麼，我們之前的偵查方向就完全錯了，對於下一步工作的開展你們有沒有什麼好的建議？」

我點點頭，說：「這個人隨身攜帶鏝刀之類的工具，那麼他很有可能就是一名泥水匠，而且必須是居住在附近或者在附近工作的人。因為案發當晚十點鐘左右，他必須經過這個偏僻的現場，而且一定是偶然經過。」

「泥水匠？現場附近？」偵查員皺著眉頭，說，「在現場附近工作的泥水匠是有幾個人，這一帶的房子還有一些正請泥水匠幫忙興建裝修著。」

「對，就從這些人入手，因為晚上十點通常是加班結束的時間。」我說。

「我還要補充一點。」林濤說，「案發現場北側有一扇窗戶，正如剛剛我們的分析，兇手很有可能是在窗戶這裡窺視到了屋內的春光，然後繞到後門犯案。這扇窗戶的下方是一座花壇，昨天我們發現窗簾上的血跡以後，就對花壇仔細進行了勘察。」

我用期待的眼神看著林濤。

林濤看了我一眼，接著說：「花壇裡有一些雜亂的足跡，但是有一處足跡踩踏了幾根小草。根據小草倒伏的狀態，我們判斷這一處足跡是最新的足跡。也就是說，這一處足跡很有可能是兇嫌的足跡。」

「有比對價值嗎？」其實我這個問題意義不大，因為兇手的指紋和DNA我們都掌握了。

「沒有比對價值。」林濤意味深長地看了我一眼，說，「因為這處足跡只有留下足尖部分。」

我知道林濤看我的這一眼，是告訴我這個足尖痕跡是有意義的。我想了想，豁然開朗，說：「你是說兇手是踮著腳的？」

「正是。據我測量，窗戶離地面的高度是一五五公分，身高一七〇的人站在窗下才可以勉強看到窗內的情況。」林濤說，「兇手須費力踮起雙腳往窗內窺探，顯示他的身高應該在一六〇公分左右。另外，根據我們現場實驗，發現身高一六〇左右的人在床前揮動鐵鎚，才可以在天花板的特定位置留下甩濺狀血跡。」

「身高一六〇公分，男性，水泥工。」我總結道，「另外，符離枕部的損傷非常嚴重，顱骨大面積凹陷性骨折，腦組織迸出四濺，這透露了一個訊息：這個人的力氣非常大，應該是個很健壯的男人。」

「可以了。」主辦偵查員笑瞇瞇地說道，「有了這些線索，就能鎖定犯罪嫌疑人了。依我看，符合這樣條件的人，在現場附近不會超過五個。」

「而且有指紋！」曹安民說，「五分鐘就可以比對完畢。如果你們這次分析得沒有錯，下午就能破案了。」

我終於睡了一個甜美的午覺，沒有做任何夢。

是林濤把我從深度睡眠中推醒的。

「案子破了。」他眉開眼笑地看著我，「喂，堂兄，要去旁聽審訊嗎？」

我們到達審訊監控室的時候，眼前那個其貌不揚的矮壯男人正在低頭抽菸。

戲劇源於生活，和電視上一樣，一旦犯罪嫌疑人用頹廢的聲音說道：「能抽根菸嗎？」通常他就要交代罪行了。

「我……我就是……一……一時衝動。」這個矮壯男人抽完菸，果然結結巴巴地說了起來，「我……我討不到……到老婆，我也……也想……」

「不要說理由，直接交代那天晚上你做了些什麼！」

「我……我那天……那天晚上去給……給一戶人家鋪地……地磚。」

我是個急性子，實在受不了這麼拖泥帶水的詢問。於是點了根菸，走到隔壁偵查員辦公室裡打開電腦開始上網。

過了大約一個小時，林濤在背後拍了拍我的肩膀，「堂兄，別玩啦。咱們的推測完全正確了。」

「哦，兇嫌說了什麼了嗎？」

「那天晚上，他下工以後經過現場……」林濤娓娓道來，「結果被一陣女人的叫床聲吸引了，他循著聲音一直找到了這間亮著燈又沒有拉上窗簾的房子，然後躲在窗臺下，踮著腳看著屋內。那可真是春光乍洩、一覽無遺啊！還巧了，他曾經在現場隔壁幹過活，瞭解這間房屋的結構。於是他一時衝動，撬開了後門，進門殺了人，然後發洩他的獸欲。」

「其實是挺簡單的一件案子。」我說，「但我們開始就先入為主，誤以為是激憤殺人，不然不會繞這麼多冤枉路。」

「是啊。」林濤點頭，說：「先入為主害死人。」

「我們現在趕回去吧。」我笑著說，「明天就是鈴鐺的生日了，你準備送給你鈴鐺姐什麼禮物啊？」

「到家都十點多了。」林濤說，「到哪兒去買禮物？不然我把你送她吧。」

「靠！」我伸出中指，「我又不是你的。」

鈴鐺的生日party開得很成功，案件順利偵破，心裡沒有了負擔，大家都喝得很盡興。

晚上，我躺在床上看著天花板，突然想起一件事，轉頭對鈴鐺說：「對了，有件事忘記告訴妳了。」

鈴鐺樂滋滋地扭過頭來，問說：「嗯，什麼事？好事還是壞事？」

「是件好事。」我微笑著說，「你妹妹笑笑的案件，終於有眉目了。」

——卷一終（卷二待續）

讀屍者・卷一

STORY系列 005

作　　者—秦　明
封面插畫與題字—練　任
主　　編—顏少鵬
責任企畫—張育瑄
校　　對—林希憶、麥淑儀
美術設計—林庭欣
董 事 長
發 行 人—孫思照
總 經 理—趙政岷
總 編 輯—李采洪
出 版 者—時報文化出版企業股份有限公司
一〇八〇三　臺北市和平西路三段二四〇號三樓
發行專線—（〇二）二三〇六—六八四二
讀者服務專線—〇八〇〇—二三一—七〇五・（〇二）二三〇四—七一〇三
讀者服務傳真—（〇二）二三〇四—六八五八
郵撥—一九三四—四七二四時報文化出版公司
信箱—臺北郵政七九～九九信箱
時報悅讀網—http://www.readingtimes.com.tw
讀者服務信箱—newstudy@readingtimes.com.tw
第二編輯部臉書 時報㊣之二—http://www.facebook.com/readingtimes.2
法律顧問—理律法律事務所 陳長文律師、李念祖律師
印　　刷—盈昌印刷有限公司
初版一刷—二〇一三年十月十八日
定　　價—新臺幣二二〇元
⊙行政院新聞局局版北市業字第八〇號
版權所有　翻印必究（缺頁或破損的書，請寄回更換）

國家圖書館出版品預行編目資料

讀屍者 / 秦明著. -- 初版. -- 臺北市 : 時報文化, 2013.10-
冊 ;　公分. -- (STORY系列 ; 5-)
ISBN 978-957-13-5848-2(卷1 : 平裝). --
ISBN 978-957-13-5849-9(卷2 : 平裝)

857.7　　　102020934

ISBN 978-957-13-5848-2
Printed in Taiwan

原書名：無聲的證詞
作者：法醫秦明
港澳臺繁體版由中南博集天卷文化傳媒有限公司獨家授權出版發行
All rights reserved.